飞扬

飞扬·青春校园记忆美文精选

幸福街

省登宇 主编

国际文化出版公司
·北京·

图书在版编目（CIP）数据

幸福街 / 省登宇主编 . —北京：国际文化出版公司，
2012.6（2024.5 重印）
（飞扬·青春校园记忆美文精选）
ISBN 978-7-5125-0358-8

I. ①幸… II. ①省… III. ①散文集—中国—当代
②短篇小说—小说集—中国—当代 IV. ① I217.1

中国版本图书馆 CIP 数据核字（2012）第 065399 号

飞扬·青春校园记忆美文精选·幸福街

主　　编	省登宇	
责任编辑	宋亚昍	
统筹监制	葛宏峰　　李典泰	
策划编辑	何亚娟　　胡雪虎	
美术编辑	刘洁羽　　王振斌	
出版发行	国际文化出版公司	
经　　销	国文润华文化传媒（北京）有限责任公司	
印　　刷	三河市同力彩印有限公司	
开　　本	700毫米×1000毫米　　　16开	
	11.25印张　　　　　　150千字	
版　　次	2012年6月第1版	
	2024年5月第2次印刷	
书　　号	ISBN 978-7-5125-0358-8	
定　　价	39.80元	

国际文化出版公司
北京市朝阳区东土城路乙9号　　邮编：100013
总编室：（010）64270995　　传真：（010）64270995
销售热线：（010）64271187
传真：（010）84271187-800
E-mail：icpc@95777.sina.net

CONTENTS 目录

第 1 章　甩手光阴

第 2 章　晚安，红舞鞋

目录 CONTENTS

第 1 章

甩手光阴

睡梦里，是一池蓝汪汪的池水，荡漾着细纹，
在阳光下反射潋滟水光

池水　◎文 / 徐衍

一

"What's your name?"

"My name is Lily！"弄堂里咿咿呀呀地重复着几个单句。一只老掉牙的复读机被小彤捣鼓得近乎肢解。

"娃啊，歇会儿吧。那些外国人的东西咱吃了饭再搞，啊？"小彤奶奶扯开嗓门。空气里满是烧午饭的余香。小彤搁下复读机，一声不吭地上了饭桌，安静地扒着饭。奶奶从井边打来满满两大桶水，颤颤巍巍，洒漏不少。

饭吃到一半，隔壁小滑头二猫子贼溜溜地窜进来，吆喝着小彤下午到缫丝厂边上的池子里游水。奶奶一脸冷峻，替小彤回绝了。二猫子从饭桌上叼走几块肥肉，一边抖腿一边有滋有味，吃得满嘴流油，继而又蹦跶到屋外去了。

"你看看，这娃娃吃饭还抖腿，八成是不着道儿的野孩子。往后少跟他来往啊，没正经的。"奶奶哪里知道，二猫子的腿天生有疾，时不时地轻微痉挛，和不正经地抖腿是八竿子打不到一块儿去的。

奶奶不让小彤去还有另外个原因，那个池子曾经淹死过人，一个身高马大的壮汉，不知怎么的，直直沉溺到池子底下去了。每逢鬼节，池子边上都有斑驳的蜡渍以及黄纸焚烧后留下的余烬。缫丝厂看大门的老头黑大常常看到一个老妇人陪着一个老头儿在夜里烧纸钱，没有风的夜晚，还可以听到他们的对话。一个男声，另一个自然是个悲怆的女声，低低地像是在谋划什么。具体是什么，黑大也不清楚。至于厂里的职工，成天劳累的，三更半夜睡得死死的，这些情景只有黑大一人见识过，自然也都是从黑大的口中传出。

说起黑大，早退休好几年了。那些传闻也是十几年前的老黄历了。到小彤和二猫子这代，传说传着传着给传没了。缫丝厂和那个池子依然还在那里，稍微有点变化的是池子都给铺上一层光洁的蓝白间色新瓷砖。一到夏天，满池池水被反射得贼蓝，老远就能感受清凉的气息铺天盖地地席卷过来，在酷热午后，甚是诱人。

饭后，奶奶在厨房收拾碗筷，小彤插上电源继续捣鼓着他的那只快寿终正寝的复读机。

"What's your name……What's your name……What's your name……What's your name……"小彤掏出英语磁带，无奈地发现磁带都搅得跟一锅糨糊似的，一塌糊涂。小彤捣来支铅笔，左转右拆的，费了好大工夫给整好了。

再放入复读机时，什么也听不到了，一片刺耳的噪音，"哧哧"的低鸣不绝于耳。小彤慌忙快进，仍然毫无头绪，再快退了一阵之后，噪音小了不少。隐约传来什么节奏规律划一的动静，小彤正要凝神细听，突然弄堂口哭天抢地，一个女人悲恸的哀嚎，撕心裂肺得像是要把老天爷拉扯下来：

"我的娃呀。我的娃。"

小彤扔下复读机，飞似的跑到弄堂口，奶奶紧跟而来。扒开人群，二猫子浑身湿淋淋地躺在一张破草席上，双唇黑得像染了墨汁，脸部皮肤都泡得发白起皱了，活脱脱一水萝卜。

"刚刚还蹦蹦跳跳好好的一个娃，怎么说没就没了呢？"奶奶在一边嘀咕个没完，心里还在惦着二猫子临走前吃掉的几块肥肉。

二

关于缫丝厂的那个过了保质期的传说在弄堂里里外外死灰复燃起来。小彤第一次听闻村里这桩往事，有点邪乎。奶奶更是天天告诫小彤没事少往缫丝厂的池子里跑。

小彤是最听奶奶的话的，即使有些违背自己的意愿，小彤还是照单全收，对奶奶的话言听计从。尽管午饭后，天还是热得要死，池子里再也看不到有什么人在闹腾了。小彤安安分分像个大姑娘，在里屋演算着算术题。

入夜小彤又插上电源，弄他的那只复读机。"呼……哗……呼……哗……"除了这样的声响，原来那些英语朗读内容都邪乎地不翼而飞了。小彤不甘心地把磁带换到另一面，先是一大段真空般的沉静，后来渐渐有了动静。好像是有人在小声对话。再凝神细听，不对不对，不是英语对话，而是中国话！还带着点本地的地方口音！声音越来越大，大得有点不可思议。可是就是听不清楚对话。

小彤起身一阵瞎摸，无意碰掉了插头。于是，周围回归一片万籁俱寂。

白天，小彤把隔壁一好友小墩叫到家里。趁奶奶上菜园施肥的当儿，把声音调得老大，让小墩好听个真切。岂料，才听了个头，窗外就有了一阵动静，慌乱的脚步声仓促地传过来。小彤一看，见是黑大。

"这这这对话……是从哪弄来的？"

"我也纳闷哩。"

小彤和黑大一人一言地纠缠，奶奶忙完农事回来。黑大和奶奶到另一间屋里嘀嘀咕咕说上半天。出来见奶奶脸上煞白一片，像遇见二猫子死掉时候一样。

"你说，这磁带，哪儿搞来的？"奶奶开门见山。

"我……我也不知道啊，真的。以前是英语磁带来着，那天出了故障，就弄成这个样子了。"

"娃啊，你可要说老实话，你还记得村子里的那个传说吗？那个池子？黑大叔他说了，你播放的就是他在夜里看到池子边有人烧纸钱时听到的对话。"

小彤自己也觉得不可思议，换了一面给大家听："反面还有古怪的声响，我也弄不懂到底是什么。"

"呼……哗……呼……哗……"屋子里此起彼伏地向起这百思不得其解的声波。整个屋子仿佛浸泡在池水中，池水泛着涟漪漫过屋顶，没进烟囱灶膛。

"这这，太邪门了。"黑大惊叫着，跑出屋子。

屋里留下小墩、奶奶还有小彤，三人怅然若失地对望几秒，噤声不语。

磁带被奶奶收进抽屉，复读机一直开着口子，像是怅然若失地巴望着崭新磁带重新放入，再释放出全新音符，迎来自己的生命。

三

没过几天，黑大就死了。在回乡探访的路上，醉酒倒进路边水田，荒郊野外，水汪汪的田地，把黑大的尸体浸泡得发胀，胖胖得跟一团发酵的面粉。

死亡的阴影笼罩在小村子上空。好像一群黑压压的乌鸦飞过头顶，遮蔽了往日寻常温暖的日光。一时间，村子人心惶惶，炎热的午后隐隐透露着一丝死亡的腥臊。

缫丝厂的水池，落满了沿池栽种的梧桐的落叶。水面浮泛着乳白泡泡，紧挨着漂浮其上。与这人迹罕至的池子相比，那个失传久远的传说在村子里愈演愈烈。二猫子和黑大的死成了这个传说最佳的现实演绎。

整个夏天，村人们憋在高温的里屋，探头探脑渴望盼来一点最新消息，又畏首畏尾，对传说的惊惧溢于言表。

缫丝厂的池子是去不了了。好在村里供小孩子们嬉闹的去处并不匮乏。这天小彤和小伙伴们来到桑园，紫黑色的桑葚挂满枝头。一众小屁孩争相抢食，结果到最后一个个都吃得嘴唇发紫，紫色诡异地抹了一嘴巴，相视一笑，各自回家。

奶奶大老远瞧见小彤黑着嘴巴，屁颠屁颠地朝自己奔来。

"小鬼头哟，胡跑什么哟？你的嘴怎么啦？"

"桑葚，可好吃啦。"

"小鬼瞧你这副德行，吃得跟个死人脸似的。"奶奶顿了顿，下意识地想起什么，"啊，呸呸呸，以后别乱跑啦，啊？"

"嗯。"

进屋后，小彤横在凉席上，丝丝冰凉穿透晒得紫红的肌肤，小彤沉沉睡去。

睡梦里，是一池蓝汪汪的池水，荡漾着细纹，在阳光下反射潋滟水光。万籁俱寂，没有波折。头顶悬着紫红太阳，泛着白寥寥的日光，把小彤的整个梦境照得豁亮晃眼。

一切静好……

忽然天幕转黑，浓重的夜色毫无保留地洇满苍穹，池水散发出紫黑幽光，一团肉色浑圆的东西，浮出水面，伴着咕哝咕哝的水泡……什么东西在拧绞，疼痛感像一把刻刀一点点剐进肌肤，细微的疼痛逐渐演变成切肤之痛……

"啊——"小彤长啸一声，惊醒。还是疼痛，不是做梦，腹中犹如塞进一大团荆棘，扎得人生疼。

奶奶循声赶过来，一见小彤满脸汗珠，脸色煞白的，自己也吓得半晌回不过神来："怎么啦，这是，啊？"

"肚子疼，疼啊？"

村子里的赤脚医生一番常规的"望闻问切"，诊断小彤食物中毒了，开了几付催吐药。

折腾半天，哇啦一声，嘴里吐出泛黑的一滩秽物，没一会儿，苍蝇哇啦一声围将过去，群居一块，嗡嗡嘤嘤地飞舞不止。

"说了别乱跑，你看你，成什么样了？"

小彤虚弱地躺在凉席上，怔怔地凝望着奶奶，不置一词。

"好好歇着吧，再别胡跑了。"

四

小彤闷闷地窝在房里，屋里的旧电扇上吱吱呀呀晃着扇叶，咿咿呀呀，表明着它的老掉牙。

奶奶在另一间偏房享受着午觉的充实安逸。

村子风平浪静，笼罩在午后不动声色的平和里。一村子的聒噪像薄薄一层水不动声色地挥发蒸腾。野猫动作迅捷地从高高的屋顶蹿下，猫爪上的肉垫，跳到地面时发出"咚"的一声，转瞬又蹿向别处。

小彤手拿空空的复读机，遥想那盘被奶奶视为禁忌的磁带。虽说小彤还只是个小毛孩，但是村民心知肚明的恐惧还是多多少少影响了幼小的心智。

二猫子、黑大的死亡，自己毫无征兆的阵痛……小彤细细地在脑海里过了一遍。不知不觉地想起了娘走的那天，村里发了百年难得一见的大水，浑浊的洪水，漫过村里的良田柴房，村民们一个个无家可归，眼里闪烁着蓝亮亮的水光。娘从此一去不复。

兵荒马乱的年代，总有一些传奇发生，最大的传奇，莫过黑大一人救了十多口人，漫卷的洪水，也不知道黑大是怎么拖着活人渡到岸边来的。

一下子过去了多年，黑大的眼眸里再没有那片英武的冷峻，村民们瞳孔里的那片白亮的水光，也在琐碎的柴米油盐生活中，消磨殆尽。

爹从城里讨来一房新娘，有了后妈的小彤依旧对往事耿耿于怀，再没心没肺的黄毛小子，对于后妈的接纳，都不会顺风顺水。家里的冲突常常发生在俩人之间。爹一气之下把他放到奶奶家寄养，这个空气里布满大量水汽的小村庄。

这个暑假，爹和后妈在县城，安稳踏实地吃穿住睡，日子照过。

有时候，在洪水里失踪的娘常常不经意地闪现在小彤记忆里。翩跹思绪全围绕着那个自己尚在襁褓的夏天，水漫村庄。

五

按照惯例，每天午觉醒来，奶奶总要坐到门前，念诵一段般若心经。

一切都是注定的。这是奶奶常挂在嘴里的口头禅。

每当听到奶奶说这样的口头禅时，小彤眼巴巴地望着天花板，想象着娘，还有二猫子、黑大他们的离开难道也是佛祖注定好的吗？

爹和娘的婚礼，自己自然是没见过的。小彤想象着爹娘相敬如宾甜蜜恩爱的场景，可是想着想着，就是一股大浪奔腾过来，所有虚构的画面巢倾卵覆，毁于一旦。

脑海只有大片大片水声，接下来记忆血肉模糊，在水中晕开绯红血色。小彤从没有把这个意向告诉过别人，奶奶没有，好朋友小墩也没有，沉沉吸附在记忆脑海中，供自己慢慢咀嚼。只是梦境里的水声，那片无声无息的水域好像隐藏着什么私密。

这个梦境一做就是八年。

八年的光景，一个虚空缥缈的梦境阴魂不散地萦绕着年华。

和奶奶吃午饭的当儿，小墩找上门来。

"不许乱跑。"奶奶疾言厉色警告小彤。

"是。"

小墩和小彤就巴巴地坐在门槛上，互相低低耳语。奶奶进里屋睡午觉。

"把你那盘磁带再借我使使。"

"奶奶不许我再听了。"

"邪门的事儿多着呢，来来来，我们听听看。"

小彤蹑手蹑脚地猫进偏房，奶奶低微有节奏的鼾声回荡在低矮的屋里，像一片轰鸣的水域。

磁带放进复读机，按下开关。俩人警惕地听着。

"What's your name?"

"My name is Lily！"

正常的英语对话，你一言我一语，中规中矩，显得毫无个性。小墩让小彤试着快进，磁带在复读机内高速旋转，停。

"哗啦——哗啦——"水声复现。小彤和小墩听得分明。仿佛置身于一池蓝汪汪的水中，无所遁形，无处可逃。

"好像有人说话啊？"

"嗯。"

模糊的话语掩盖在水声下，若隐若现。小彤和小墩不寒而栗，默契地互相盯视。

不知不觉，身后什么东西在两小孩面前投下薄薄的阴影，仰视一看，铁青着脸的奶奶，阒然站立。

磁带被奶奶强行抽出，狠狠地砸在地上，碎成几半。

六

缫丝厂的水池，不知从什么时候又开始抽水放水，池子的水活蹦乱跳地翻腾，水汽在烈日下散发强大的氤氲。

可惜，没有人再跳进去。空有一池碧蓝清澈的池水，无人问津。

小彤的磁带被奶奶强行砸坏后，常常一个人发呆，仰望着天空，不知不觉，天光从上午游弋到了傍晚，一天就在无声的巴望中悄然而逝。

整个暑假，无趣得像要霉出灰来。奶奶是耐得住寂寞的，厚厚的佛经一念就可以念上整整一天。小彤可不行。仰望了几日的黄昏残阳，小彤趁奶奶不注意跑出了家门。

站在缫丝厂澄澈的水池边上，无数幻境实景过尽千帆，在眼前

——划水而过。

"扑通——"池子在午后的静默中不合时宜地发出一声喧哗,不过很快就溶进村子的缄默中。短促的嘈杂和庞大的寂静相比,不禁相形见绌,一下子被击垮打散。

蓝色水面下,小彤睁开眼睛。无声的世界,只有纯粹的蓝。日光直射进池底,蓝白相间的瓷砖,反射洁净通透的光芒。

什么东西在波状的水下,都变的扭曲怪诞。苍白的双手在水下晃得不成人形。在水下静静游划着,忽然右脚一阵痉挛,好像抽筋了。小彤拼力往岸边划水。可是忽然之间,自己像是被钉死在水中央,任何的挣扎都是徒劳。

水花越打越大,小彤慌了神,右脚狠命地拉扯,扯出剧烈的疼痛,钻心的疼。

恍惚间,小彤瞧见了娘。披头散发从水里浮出,长发被浸得乌黑油亮,湿淋淋地滴着水。

"娘——"那个午后,清醒的村人或许会听见小彤声嘶力竭的呼喊,渗透了饱满的欲望,拼死的一声疾呼!

小彤觉得自己的身子越来越沉,慢慢沉入水下,触到池底。

娘在头顶安享地俯瞰着,像村人们嘴里念念叨叨的福祉,庇佑着虔诚的善男信女。

七

醒过来的时候,小彤发觉自己横在赤脚医生的小诊所里。下一秒,自己空空如也的肚子发出咕哝咕哝的叫声。

"好饿啊。"小彤挣扎地直起身来,赤脚医生和奶奶坐在一边,这时也跟着全站起来了。身边还有是湿了一身的泥鳅大叔。

"小祖宗哟,你真是吓死我了。"奶奶悲天悯人的天性是最见不得这样的场景的。

"奶奶。"

"还记得叫奶奶，看来是好了。"赤脚医生在边上搭腔。

"谁让你跑那池子里去的啊？"奶奶拉下脸，一脸严肃郑重。

"好了，好了，孩子没事就好了。"泥鳅大叔拿来几个白花花的馒头劝慰道。

狼吞虎咽，几个馒头三下五除二被小彤啃个精光。

"饿坏了吧？看你还瞎跑不。"奶奶的语气不依不饶。

落到地面，小彤的右脚如电击一般，"哎哟"应声倒地。

"啊，我的小祖宗啊。"奶奶厉声疾呼，把在场的人都吓坏了。

"我的右脚抽筋了，要不是这样，我根本不可能溺水。"

"还犟嘴。"奶奶在赤脚医生的帮助下，将小彤重新扶回床上。

"奶奶，二猫子的腿一直有毛病，肯定是游得不利索，才沉下去的。"

"住嘴，不许再提了。"

"奶奶，娘当年是怎么走的啊？"

"你娘是被洪水卷走的。"

"可是我是在池子里瞧见我娘了。"

"你胡说，胡说啊。"奶奶冲过来，趁势做了一个捂嘴的动作。

小彤望着小诊所的天花板，破败的白漆下面裸露出湿淋淋的一片黄。年久失修的房子，被大雨淋过几年都这样儿。何况这个村子的雨水一向很丰沛。

八

小彤捡回一条命后，奶奶对他的监视自然变本加厉。

英语磁带重新买了一盘。复读机重新投入到使用中。暑气没有先前那么浓烈，夏天就快过去了。

跟读英语的时候，小彤的耳畔还是会显现细微的水声。他问奶奶听见水声没，奶奶总是拿白眼横他。

没过几天，耳朵里的水声越来越浓重。好像溺水的征兆。

小彤知道奶奶是不会理会的，只得找到小墩。小墩说，可能真的要见水了。

小彤不知道为什么自己耳朵里的水声愈发强烈，左右突围，撞击着耳膜，没一刻消停。

路过隔壁供销社的时候，总有几个妇人围着井沿坐成一团。暑气大行其道的时候，井边是村人们乘凉最爱去的地方。不时打上几桶井水，青石板地面被浇淋得湿透，然后闲话家常，趣味横生，妙不可言。

靠近井口，瞅见井下乌黑的井水，这时候，小彤耳朵里的水声会隐退得老远，好像都被这个深邃如黑洞的井口吸附进去了。

对这口井，小彤有了莫名好感，时时徘徊在井边，头望向井底。世界归于沉默，一切都清静了。

九

秋老虎还没来之前，连日瓢泼大雨，把小村子淋了个彻底。积压了一整个夏天的暑气炎热，被这连续几场大雨浇得不见踪影。

紧接着是一场大洪水，时隔多年，小村子再闹水灾。小墩口中说说的"见水"，莫非就是这事儿？

村人们站在作为制高点的后山山坡，眼睁睁地看着自己的家园被洪水毁于一旦。这回，小彤看得真切，铺天盖地气势汹汹的洪水，将村里的一切席卷而去。不知是谁家的几只鸡，扑扇着翅膀，没几下就没进水中，跟着洪水奔腾走了。村民们的盼头全在大水中打了水漂。

小彤看得清清楚楚，洪水没过了那个小池子，与池水混为一体。

嗜睡的猪横在奶奶家的猪圈，怡然自得地打着盹。不料，这场突如其来的大水，把来不及逃命的它连同睡梦中那个虚空的美梦一并卷走了……

大水闹了整整两天两夜，终于退去，奶奶看着一片狼藉的屋子和猪圈。

"哎呀，贪睡猪自食其果啊。"

小彤这才知道，从前娘是个嗜睡的妇人，村里人甚至起了个外号叫她"贪睡猪"。那个时候，一家子人口繁盛，一个家庭没个八九口人，也有五六口。发大水的时候，娘一直昏睡在里屋，举家仓皇逃离的时候，才想起娘还睡在里屋，结果水漫小村子。一切尘埃落定后，娘不见了，村人们说被大水卷跑卷没啦。

从此，娘的失踪成了这一家子人的心病，当然在小彤没知晓这段往事前，一直活得没心没肺。奶奶提到这段往事，老泪纵横，小彤愣愣地听着奶奶把这段陈年旧事，像一个故事一样娓娓道来。

而今，洪水再一次退去，村民们开始重建家园。

缫丝厂边上的池子里，堆满了淤泥，甚至还有几条蚯蚓黄鳝在其中自得其乐地穿行蠕动。

十

暑假终于快过完了。

吃晚饭的当儿，小彤忘了关掉复读机，英语磁带兀自朗读着。

吃完饭回来，只见一只黑猫睁着炯炯有神的大眼睛盘踞其上，见有生人走近，喵呜一声阒然无声地逃开了。

小彤一看，复读机被野猫摁下了录音键，慌忙关机倒带。按下播放键的时候，耳朵里传来了一阵水声和村人的交谈的话音。这回光天化日的，声音也听得分明些。

好像是弄堂口的那群妇人，磕着瓜子，嬉戏着水桶里的井水，滔滔不绝地各抒己见。

跑到弄堂口，人走茶凉，只有那口井安然伫立，张着口，像是等待着冥冥中的什么。

大水过后，小彤耳朵里的不绝水声也跟着消失了。

那段日子里的水声似乎是冥冥中一股暗示，暗示着这场浩劫般的大水灾的降临。

也许是娘在某个角落布施着福祉暗语，谁知道呢？

暑假结束，小彤要回到县城爹那儿。

临走的时候，看到缫丝厂的工人抄着家伙，在清理池子里的秽物淤泥，抽水机搁一边，蓄势待发。小彤好像又听见滔滔水声从抽水机里喷涌而出，一个背影模糊的身躯，在池子中央划动划动，哗哗哗的水声不绝于耳……

作者简介
FEIYANG

徐衍，生于巨蟹座的最后一天，生存于80后和90后夹缝之间，注重精神生活，没有音乐、电影、文字将无法存活。对于现实有着忽冷忽热的兴趣和反应，努力尝试多种文字风格的创作。喜欢陈染私语似的写作，也喜欢苏童专属的文字氛围，对杜拉斯敬而远之，对昆德拉拜倒辕门。对文字，始终在踽踽独行上下求索，喜欢在《雨的印记》《小步舞曲》等钢琴曲中写作。写作方式日趋矫情，但对文字始终赤诚满腔，信奉上帝保佑吃了饭的人们。（获第十一届新概念作文大赛一等奖）

像你们飞驰 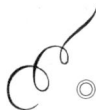 ◎文 / 韦智杰

我是个彻头彻尾的旁观者，一言不发地聆听别人的生活，就像繁华街口的小乞丐，靠着墙奄奄一息地用尽量颓废的姿势坐倒在地上，看电影般过目那些川流不息的人群，并依靠其中一小部分人给我的一点点杯水车薪存活。

我在广漠的城市以及更广漠的网络上找寻一些不同的人，他们是跳水自杀的人，无药可救，有药也不吃，一心一意想毁灭。可我只是溺水，我还不想死，所以我才融入他们，企图在淹死前幡然醒悟。我是个乖孩子，一直都是。

莫柒柒是个有理想的人，她的理想很伟大，要写一篇能震撼社会感动世人的文章，有最华美的文字和最锋利的句子，所有的人看了都会流下眼泪难过一辈子。

我发短信问她：你究竟是想弄出作文版的死亡音乐，还是想像唐僧一样去弄个什么经书来感化世人普渡众生？

三十秒后我立即收到回复："滚！"

很多时候我会想一个人的理想怎么会那么遥远，远得像小时候要"好好学习，长大建设祖国"一样连笑话都算不上。

　　莫柒柒和我初中时在同一所学校同一个班，后来分组的时候调成了同桌，后来上了同一所高中还是如此。如果你是路过的人，你会以为她是这个班上最优秀最刻苦的学生，给她一本漂亮的本子，你就可以看见她无论上课下课都保持一个天荒地老的姿势在奋笔疾书。

　　英语课时我在凝视窗户。教室在四楼，刚好可以看到教学楼前那棵枝桠繁乱的大树的树冠，阳光被浓密的枝叶过滤了千百层，柔柔地泻下来在课桌上投下几个几何形状的干净光斑。聚焦退回玻璃上时我看见里面自己的倒影呈半透明状不明不暗，身旁的女孩用一大沓高高的书挡在课桌前，一本不大不小的笔记本被藏在它后面，刚好被遮住，女孩握着笔在上面全神贯注地写着，皮肤干净，表情认真，我转过身笑嘻嘻地对她说："小妞，你写文字的样子其实也挺迷人的。"说完我就愣住了，笑容僵硬地卡在脸上。

　　转过头的一瞬间分明看到那张干净认真的脸上一对漂亮的眼睛里塞满一种无比强大的悲哀，眼神浑浊像夏天里暴风雨来临前布满乌浊云朵的天空。

　　那对眼睛听到我的话后不紧不慢地抬起头看着我，然后皱了皱眉头说："原来你笑起来这么丑。"

　　柒柒说："不过看你那么仰慕我，中午让你请我吃饭好了。"

　　我说："你想得美。"

　　然后老师说："齐北墨，莫柒柒，给我出去。"

　　我们趴在走廊的围栏上看树冠里穿梭的阳光。我说："柒柒你看，多漂亮的树。"

　　她说："嗯。"

　　我说："我想苏流了。"

　　她说："嗯。"

　　她又说："我也是。"

　　她向空气中伸出手，像是想抓住什么的样子。她说："北墨，你知道吗，有些东西就是这样从我们指缝中溜走的。"

然后某一天我收到了苏流的信件。邮戳是乌鲁木齐。我想哎呀小子居然跑那么远。

信里面说他还在四处寻找，并且还没有明白自己在找什么。他说乌鲁木齐很美，有巨大的赤色夕阳和街上腰间别着刀的少数民族少年。但他不喜欢这里。等他再存够了钱便离开。

除了信以外一同寄来的还有几张照片。苏流在里面背对着温柔的风景在对着我微笑并无力地招手，看着看着我突然觉得眼睛好疼，却哭不出来。

苏流还在的时候是个很会制造麻烦的主儿，无法无天这个词用在他身上再合适不过了，今后谁家小孩问："无法无天是什么意思呀？"他们老师就指着苏流说："像他一样就是。明白吗？"然后小孩就一脸天真无邪地说："明白了，谢谢老师。"多生动啊。

当我像一只手舞足蹈的猴子一样绘声绘色地向苏流表演这些的时候，他被逗得笑到像病危，差点撒手人寰。我还在想是我扮的老师太小孩还是我扮的小孩太大叔，苏流却突然叫住我："北墨。"

"什么？"我看着他，他看着前方。

"我知道我很任性，一高兴就离家出走旷课逃学。"他甩了甩额前的刘海，"但是，我只是一直想找一个地方。"

"什么地方？"

"不知道。"

"什么样的地方？"

"不知道。"

那天晚上我们一起喝了很多啤酒。我们酒量都差，喝三四瓶就吐，吐完再喝，痛快地维持这个循环直到我们身无分文，然后忍着肚子翻腾的难受在大街上边走边放声大笑，一直笑一直笑，笑得声音嘶哑笑声变得像临终者缺氧的喘气，偶尔有车灯来往打在我们脸上画出金色的轮廓，晚归的女士小心翼翼地盯着这两个疯子，生怕我们突然扑向她，走到我们身后时可以听见高跟鞋加速离开的脚步声，"噔、噔、噔"的节奏里有厌恶的味道。

终于支持不住的时候我扶着墙坐在地上，苏流坐在旁边。我们在路边背靠着墙坐着，一言不发。回荡着钻心笑声的夜空一下子变得死寂而沉重，看不到它后面层层叠叠的繁星漫天。

他咳嗽了几声。他说话的时候不看我而是看着不远处那盏这条漆黑马路上唯一的路灯，又像在看路灯后面的夜空。我不清楚他是在对我倾诉还是在自言自语，所以我也闭上眼睛不说话。

他说，我快疯了，他们都想管我。他说，他们不懂我，又逼我表白自己。他说我真的疯了，他们软硬皆施一起逼我，昨晚我买了刀片想自杀，后来没敢，我怕疼，怕自己会求救。可我又买不到安眠药。他说，我讨厌这个社会，我和它没有共生互利的关系，所以它迟早会弄死我，或者迟早我会被自己弄死。最后他说中考后我要消失。

然后他真的消失了。

中考他交了白卷，从考场出来他就走了。

他妈妈来找过我跟柒柒，泪流满面面容憔悴。我告诉她我们也联系不上苏流，她点点头就走了，但她不怎么相信我的话，因为她走的时候还对我说："请你告诉他妈妈很想他，不管怎样要打个电话回来。"

大多数时候我都见不到林然智。或者说我在任何时候都不会想到要见见他。并非讨厌，而且他还是个容易招人喜欢的人，只不过他存在与否我并不在意，就像路人甲乙丙丁，或许他突然消失了我一辈子都不会察觉。也许是有些嫉妒吧。林然智备受上帝以及所有人的宠爱，即使他偶尔会有忧郁的表情但我依然认为他无疑活得开心无比。我向柒柒说过林然智，柒柒对我说他就属于那种睡觉时兴高采烈期待明天的人，因为他知道明天依然轻松美好像蓬松的软糕。

"那我们呢？"

"我们的明天让我们在醒来时总希望现在是半夜十二点，还能再睡几小时。换句话说就是睡下去就不想再醒来。"

我觉得柒柒说得很多，我就是这个感觉。

我是在网吧认识林然智的。那天他坐在我旁边，我看到他穷极无聊地在百度贴吧里发帖子，打开游戏，关掉，再打开另一个游戏，再关掉。还有一个有趣的动作，他好几次想听歌，戴上耳机过十几秒又摘下来，然后对着显示屏整头发，生怕被压变形。

不久有人起来发烟，看来他们几个是一起的。我恍然大悟为什么他这么无聊还不滚回家睡觉，原来是陪朋友。我看见他站起来摸口袋，上衣的以及裤子的，然后一无所获，再然后他转过头跟我说话，正好撞上我的目光，让我有些尴尬。他说兄弟有火吗？我听见了，但是没反应过来，于是"啊"了一声，他就继续重复了一遍，有火吗？我说我不抽烟。他脸上的笑容更深了一些，很好看。他歪着头笑着对我说，可我刚才看见你抽烟了。然后他自觉地朝我伸出手。

我那天莫名其妙把火机借给他，接着莫名其妙地和这个貌似有趣的人成了朋友。他走的时候我看见他在楼下站了一会儿，过了几分钟一辆漂亮的跑车把他接走了。路上的几个小姑娘偷偷笑着对他指手画脚。大概从那时起我就开始不平衡了。

更不平衡的是当我走进他房间并不规矩地翻他的抽屉时，看见里面有厚厚一叠游戏充值卡，鬼知道那是多少钱，旁边还有几张叠得巧夺天工的漂亮信笺。我无语地抓出一颗桃心"啧啧啧"地吸气，林然智瞟了一眼，随口说："那些我没看过。"

我横着眉毛挖苦他："少装冷漠了，你小子收到情书一定是高兴得一遍一遍地看，然后跑到她们面前用最装逼的方式拒绝，还恨不得拍下来供你丫炫耀……"

我一口气说得快引发哮喘差点憋死自己，却听见他很无辜地说："不是啊，那些折得好复杂，我不会拆……"

那一瞬间我想祈祷上帝即刻赐我条绳子让我自杀。当我拉开下一个抽屉时我就想找条绳子吊死上帝了。我一直在心里认为他就是个没出息的败家子，抽烟喝酒吊儿郎当，专门勾引少女和上网。所以里面一堆奖状撞进视线的时候我大脑短路了半秒，不服气地翻出来看看是不是幼儿园发的"乖孩子"，于是又短路半秒。我说原来你这么厉害呀，又年级第一又比赛第一的，这些该不是伪造的吧？他苦笑着耸耸肩。我不懂他苦笑个什么劲，并怀疑他除了没心没肺的笑容以外没有任何表情是认真的。

认识他的时候苏流已经不在了。我也不想介绍他跟柒柒认识。我跟然智说起过柒柒的文章，说柒柒的伟大梦想，说苏流无数次率性的离开。他听完以后都只是若有所思地努努嘴，然后马上笑着说："我饿了，打电话叫外卖吧。"每一次看他的笑容我都有说不出的感觉，我想有些事他是无法体会的。

高二分文理班的时候柒柒自然进了文科班，其实我也喜欢文科，但却选了理科，理由是全国理科生通用的——理科好找工作。学习突然一天比一天紧张起来，柒柒说日子已经把我们拧出油来了。我在思考那么高三不是连油都拧干了只能勒着肉？突然联想到古代的一种刑罚，用特制的竹板夹住十指，两个狱卒一人站一边抓住收紧竹板的绳子使劲拉呀拉。

"啊！"

柒柒照旧写她的作文，我无聊的时候会向她要来看。她的文字温和却很浑浊，一些幸福的、绝望的、让人上天堂又入地狱的剧烈冲突，都被平平淡淡地描绘在纸上，浅浅的，像森林里轻抚而过的溪流，却能不知不觉地用似乎随意的句子揪出人心里最薄弱的地方，再轻轻用力，让它窒息般难过。

我觉得她报文科班还是理科班并没有太多意义，反正她又不会听课，要写的话只要有桌子有笔就可以了。我说柒柒你这样上不了大学的，又不是只考作文，就算是只考作文，你写的东西会被扣掉很多分的。

我说："你不怕考不上大学吗？"

柒柒白了我一眼，她说："你觉得被蒋介石抓走的壮丁会害怕国民党战败吗？"那一瞬间我被衬托得无比世俗，然后低头找地缝。

我开始不停地收到苏流的信，大多是照片，偶尔有写在纸条上的只言片语，跟我说他看见的所有：街边讨价还价的小贩、可人的姑娘、认识的外国女孩、橙黄色的天空以及不断奔向身后的风景。

信封上的邮戳天南地北，真的是从海南岛到黑龙江。我没办法给他回信，他没有固定的地址，手机他中考后就换了，也可能扔了，MSN他已经久没上过，我只能默默读他的信，把那些照片拿来翻来覆去地看，他在里面背对风景努力地微笑并重复那个无力的招手。

他妈妈又来过一次。

我把那些信和照片给她看，看着看着她就那样哭了，在我的沙发上擦眼泪。我赶紧把信和照片收回房间。我怕她把它们带走。

我对柒柒说，我觉得苏流根本就不是在寻找什么狗屁，他纯粹是在逃避。可他逃到哪里都不能脱离社会的。

柒柒看着我不说话。

现在我又顿悟，其实不断的逃亡便是不断的寻找，找一个不用再奔命的地方，然后告诉自己这就是"家"。

我忘记柒柒是怎么离开的了。我想她是去寻找梦想了。但是反过来说的话寻找也等于逃避，这就像数学里"A=B"所以"B=A"一样，简单而毋庸质疑的道理。0.5 和 1/2 是不同的人，但他们表示的值一模一样。苏流和柒柒是不同的人，有不同的追求，但他们在做同样的事，他们在寻找，他们在逃避。

心里清楚柒柒在逃避什么。

她离开的前一天突然被班主任叫到办公室，我看到她父母也在，他们走来走去，表情烦躁。如果有一天你发现你养了十几年的孩子行为怪异而你竟然不知道他在想什么，那你也一样会烦躁。

　　他们是来给柒柒做思想工作的。他们都认为柒柒不是早恋就是受不了压力，所以思想才出现问题。但是似乎无论早恋还是心理承受能力差都不应该让她这样子。所以他们一起逼问柒柒，软硬皆施，就像先给你一记恶狠狠的耳光，没效果再抱着你语重心长地叹着气说我是为你好，变脸的速度和装逼的功底让专业演员都望尘莫及。

　　柒柒的梦想足够癫狂。梦想极端的人对梦想的执著也会很极端。所以那天柒柒软硬不吃在墙角一直站着捱了好久。于是他们让她好好想想。他们说随她怎么样，他们不会横加阻拦，但是她得想好再给他们答复。

　　这是教育者们惯用的手法。

　　他们想要你选 A，他们说："我们尊重你的选择，但是你先好好想想。"然后你选 B 他们就叫你再"好好想想"，一直执迷不悟选 B 他们就一直叫你再想想。他们不怕你不服从，因为他们可以把你家人叫来，让父母陪你耗。他们像天桥上的乞丐一样无耻地利用着人们的良心，所以那些不顾家人怎么受苦受难都无动于衷的不孝学生都是学校调教出来的，讽刺的是老师们居然还不要脸地摆出一副义愤填膺疾恶如仇的样子对这些学生破口大骂来体现自己高尚的道德修养。柒柒说过，这叫鸡头骂婊子。

　　总之这招很毒，所以柒柒在"好好想"了几次后认栽了。她终于忍不住蹲在地上埋头哭起来，她哭着说，我只是想写字而已啊，只是想写字而已啊。办公室里的人都为自己最终的胜利长吁了一口气，他们终于找到了柒柒如此堕落的原因。

　　再后面发生了什么我也不知道。我连同其他围观的学生一起被赶走了，那个脑门亮得刺眼像抹了油一样的年级主任在我们后面吼，都散了都散了，不然把你们也抓进来。

　　那天半夜柒柒给我打电话。

　　她声音因激动而有些沙哑。她说："北墨，那些人都看不起我，他们都看不起我的梦想，像逗孩子一样跟我说等大学以后再说。"我在另一头长时间沉默，喉咙里空空的不知道说什么才好。过了一会儿她又接着说话，她说："他们就那样一脸貌似推心置腹的表情，苦口婆心地把我的梦想碾在鞋底。你说他们难道就没有梦寐以求的东西吗？他们就没有想要珍惜的东西吗？他们怎么忍心那样自然地践踏着别人奉若珍宝的东西呢？"

　　她说你放心，我柒柒绝不会妥协的。

　　她大声地喊梦想万岁，接着大声笑，那笑声又像哭。

　　"你没事吧？"

　　"哈哈哈……"

　　"柒柒，别这样。"

　　"哈哈哈……"

　　"你在哪？我去接你。"

　　"哈哈哈……"

　　"柒……"

　　"嘟嘟……"

　　"喂？"

　　"嘟嘟……嘟嘟……"

　　电话莫名其妙断掉的那晚上我再也没能睡着。我想去找柒柒，我在脑子幻想我在大半夜跑到学校，跑到公园，跑到大街上喊她的名字。我突然想跟她一起去找苏流，我们三个一起流浪。

　　但只是"想"而已。我知道我找不到，而且我说过的，我一直是个循规蹈矩的乖孩子，一个彻头彻尾的旁观者。我旁观他们来警戒自己，而不是和他们一样万劫不复。只是我突然开始疑惑，我究竟是想警戒自己，还是想从他们身上找一些东西来安慰自己偷偷纠结挣扎着的内心。

第二天柒柒就没来上课。我想她再也不会来了，于是她就真的再没来过。

我在那之后发现原来世人都那么无耻，并愈发无耻地生活下去。像柒柒、苏流他们一样有追求——真正有追求而不是要大房子大车子或者高喊着要建设祖国的——还剩下多少呢？

总之我齐北墨是很没出息地这么无耻着一直活下去了。

高考之后每天在家百无聊赖地上网、睡觉、打游戏，等着大学生活的开始，就可以在校园里过群居生活，一帮人一起整天百无聊赖地上网、睡觉、打游戏。

苏流的信越来越少，后来终于销声匿迹了。也许他已经到了马达加斯加——他在信里说过，他终于找到一个脱离社会文明的地方了，他要去那片最后的蛮荒之地。也许他是看了那部叫《荒野生存》的电影，他跟那个男主角很像。电影里的男主角最后被蛇咬死了。

我猜他要真去了那里大概会被狮子吃掉。后来的某一天我才从他母亲那里得知他的消息。他在最后一封信寄出去没多久就偷渡，然后海浪把他的尸体推回岸边。他母亲告诉我这些的时候已经不像以前那么激动了，没有哭也没有特别难过，只是依然憔悴，像是释怀，又有些放不下。我记得苏流说过，其实他唯一放不下的事就是怕他母亲会伤心，一想到母亲就很难受。我想每个离经叛道的孩子都会受这样的折磨吧。可苏流以后再也不用受这种折磨了。

走在回家的路上，耳朵嗡嗡地响，听不见其他声音，脑子震得很厉害，看到的全世界也都跟着震动，连阳光都被震碎了。恍惚间看见满大街都是苏流，行色匆匆，风尘仆仆，背着行囊四散奔逃，偶尔停下来把相机塞到陌生人手里，跑到一边背对风景朝镜头挥手，努力在脸上微笑。

苏流终于停下来，却是以如此狰狞的方式。

他始终没能如愿当一个野人，我不知道马达加斯加是否有土著人，但愿下辈子他投胎到土著人那里，不行的话投胎当角马也好，没事吃吃草喝喝水，被狮子追着咬，或者当一头狮子，天天睡觉没事追着咬角马。

突然想起来在哪本杂志上看过，一个被狼收养的女孩被救回来，两年后她对记者说社会比狼群更血腥，然后逃回荒野。

或许这个的确恶心得不像话，比蛮荒里血肉淋漓的撕杀更让人目瞪口呆张口结舌摇着头皱着眉不停"啧啧啧"……

那天我对着家门口站了好久，还是没进去。我在光天化日的大街上逛，一边游走一边思念那些躲在阳光照不到的夹角里挣扎呐喊、咬着牙哭泣的人们。然后我想到林然智，那个受上天宠溺的家伙。如果我对他说，"苏流死了莫柒柒不见了知道吗？我还认识好多或好或坏的人可只有你一个是朋友了。"他一定哈哈两声然后脸上一副"我的日子多么美好"的表情说："我饿了，打电话叫外卖吧。"

他有过分的自由过分的智商过分的零花钱过分的女人缘，他过分地拥有我们每天都疯狂追赶争抢的东西，一脸无辜地坐拥多得过分的幸福。他总是很容易就能开心地笑得肆无忌惮笑得花枝乱颤，看他那样充实的笑容就像被什么抽干一样，被衬托得心里满当当全是空虚。

可我现在就特别想空虚一次。我想至少要抓住什么，像快被溺死的人死命想抓住那根无济于事的稻草一样。

那天天空是七月特有的爽朗，万里无云，蝉鸣接二连三地被拉长，尖锐的声音像穿透了无限冗长的过往回忆。给我开门的妇女衣裳华丽，满面倦容。我记得林然智说到过，他没有爸妈，他是跟着外婆长大的。他说他外婆很年轻，很疼他。我一直不明白他是说他外婆年轻还是他外婆长得年轻。我很有礼貌地笑着说："您是然智外婆吧？呵呵，我是来找然智的。"他外婆看着我不说话也不动。我有点不习惯这种气氛，我加倍讨好地笑着补充："我是然智的朋友，他……"

"他半年前就死了，你是他朋友？那他没告诉你他有心脏病吗？"

我仓皇抬头，看见那个老妇人一脸鄙夷地关上门。

那一刻地缝都不用找，我就想一头砸在地板上，砸死我。多好玩，我还以为自己多高尚，结果自己"朋友"死了半年我还不知道。我也不懂得这个一路载歌载舞风平浪静一帆风顺的家伙有什么病，然后发觉其实跟然智并不熟，非常偶尔地打一两个电话，更加偶尔地出来玩玩。他就那样浪费时间陪我这个算不上朋友的人在一旁讲一些听不懂的话，听我唠唠叨叨地悲春伤秋。

想到这突然我又觉得他应该是"朋友"这样一个概念。

怎么回到家的我不记得，阳光变得无比刺眼，把我照得晕头转向，整个世界飞速旋转然后突然被关了灯。

苏流流浪了。

柒柒走了。

苏流死了。

林然智死了。

一切过后。

我和其他人安逸而忙碌地生活着。一开始就埋在课本中，远离那些飞扬跋扈的青春年少，那些远大得找不到方向的梦想，那些由积极地积极到积极地消极再到消极地消极的态度，那些满身的锋利尖锐。

因为我知道像童话中那样被狼外婆吃掉的危险到处都是，可永远也不会出现那个用剪刀剪开狼肚子救你出来的猎人。任性的结果往往是像那只狼一样千辛万苦终于得到了想要的结果，却注定在结尾无端冒出个猎人剪开你的肚子把它夺走。

我想我会一直这样唯唯诺诺地苟活下去，很快地结束假期，很快地上大学，很快地毕业，很快找到工作，很快结婚生子，再很快地老去，在轮椅上回味时发现自己的一生只剩下几个"很快"。

我也不想这样。可是没办法。我懦弱，没办法像柒柒那样为梦想破釜沉舟。有时候很羡慕柒柒，幻想自己跟她一样奢侈地追逐着梦想，无关功利，无关结果。

大三后是大四，社会实践学期。我托家人的关系帮自己找了份工作，每天对着电脑做文件，不时偷懒看杂志，然后想会不会看到柒柒的文章，想象她在某个地方努力地继续她的梦想，躲在小屋里拉上窗帘打上台灯奋笔疾书。

世上总有一些特立独行的人，但他们都前赴后继死在奋斗的路上，从一些死得只剩一点。柒柒，我很长时间以为她是那个披荆斩棘坚韧不拔的"一点"，"很长时间"以后我发现这仅仅是我一相情愿的"以为"而已。

那天跟上司请了假去参加毕业典礼，看一大群穿着学士服的青年欢呼雀跃，跟自己喜欢的教授合影留念。我在一边看得挺郁闷，索性回公司继续工作。

半路上就看见柒柒。

她穿着平整干净的西服，拿着公文包，白色的衬衫领口洗得白到刺眼。我直觉地以为她在什么地方混了个文编什么的。然后我去跟她打招呼。看见我她惊讶又惊喜，互相吹捧了几句"还是一样年轻"之后，柒柒笑咪咪地问我："对了，苏流怎么样了？这么久，该安定下来了吧。"

"啊？"一时语塞，喉咙里空空的不知道说什么才好，那感觉和以前她对我说别人看不起她时一样。

"我说，苏流怎么样了？"

本来应该如告诉她的，可是突然不忍心。至少让她觉得，还有一个人在陪着她一路矢志不移吧。所以……

"哦，苏流啊，他……还在到处跑呢，不然他怎么叫作苏流不叫苏留呢。"

我说完发现"流"和"留"读起来是一样的，不知道她听不听得懂。她呵呵笑了两声。

然后我突然问她："哎，柒柒，你现在还在写东西吧？"

我一直以为柒柒会一脸灿烂地说："呵呵，是啊。"

"我现在在保险公司做推销员，很忙，没时间写……"

"哦。"我抬头，看见她的苦笑，眉宇间不见了昔日对着笔记本全神贯注的执著。突然觉得心疼，连柒柒这么拼命，这么不管不顾的人，都不行吗？

似乎突然尴尬起来，干巴巴地聊了几句就道别了。

走了几步柒柒突然叫住我："北墨！"

我回头，"啊？"

"……"

"怎么了？"

"我……结婚了，我得养家。"

"呵呵，我理解。"

匆匆忙忙就分开了，连电话都忘了要。不过不要紧了吧。即使再打电话，也不知道该说什么。

很多事就这么过去了。

我想起柒柒在茂密的树冠后面说的那句话。她说："北墨你知道吗，有些东西就是这样从我们指缝中溜走的。"

曾经的我们就像一群快乐的孩子，手挽手一起在路上唱着少年的歌，一路前行，一不小心弄丢了一个，一不小心又弄丢了一个，一不小心弄丢了一个又一个，一晃神一刹那就发现旅途上就只有自己在东张西望了。

很久以后才明白，原来人面俱非是如此恶毒的词。我想起泰戈尔这个名字彪悍内心优柔的诗人在他的《飞鸟集》里一句优柔的诗：

I sit at my window this morning where the world like a passer-by stops for a moment, nods to me and goes.

　　他们都不在了，像一枚扣不紧的戒指，脱下来手上连一条淤青的凹痕都没有。过去了十几年，那些以前一直努力要忘掉的，就这么忘掉了，连存在过的痕迹都开始变得隐隐约约。现在我是公司的部门经理，有个天天打麻将的老婆和在上小学的女儿。日子平淡，味如嚼蜡。这是料想中的事。我只是旁观者，不动声色地看着别人轰轰烈烈，主角是他们。我更像一个镜头，一点一点记录下他们，存在心里最深的角落，然后一直这样规规矩矩地活着，然后规规矩矩地死去。

作者简介
FEIYANG

　　韦智杰，1993月1月1日生。生活在一个安静的小镇，梦想四处旅行，跟好玩的乐队住在一起，码字为生。（获第十二届新概念作文大赛一等奖）

甩手光阴  ◎文/勘则平

我所就读的一所学校就坐落在新源县城的东北角。新源县的人有种枫树的习俗，多少年过来了，枫树几近成灾。于是新源县也被百姓称呼为"枫城"。每到傍晚时分，在余晖的映照下，所有街道仿佛飞窜的火舌般熊熊燃烧，给小城平添一分浓重的气氛。

我和叶冬虫坐在操场看台上，不远处呈现出一幅美轮美奂的景色：浓重的余辉中，古铜色的皮肤泛着热情的红光，跳跃、骤停、甩臂一连串动作后，标枪如箭一般在天空划过优美的弧形。

真远！我不自觉地小声赞叹。而身边的叶冬虫，却是习惯般地"哼"了一声。我转过头，看了看叶冬虫如冰山般百年不变的冷艳侧脸，如陶瓷一样完美而精致的下巴，不禁对她的理性与高傲有些无可奈何。

"呦嗬，大画家，看台上欣赏景色呢？"林凯在操场边道上，冲着坐在看台上的我嘻嘻哈哈地说，"是不是在欣赏我矫健的身姿，准备给我来一幅运动美男的写真啊？"

我没有理会他的打趣，并把话题转走："刚才你扔得那枪，估计市记录能破了吧？"

"六十七米，离市记录还差五米左右。"林凯骄傲地说。

"废物。"坐在我旁边的叶冬虫又开始了。尽管她的

声音很小，但还是传进了林凯的耳朵。"你说什么？我是废物？"小凯急躁地质问叶冬虫。"听见了还问。"叶冬虫仅仅是冷淡地回答一句，声调清晰而又理智。

我不禁在心中叹然。我们三个人是从小一起长大的朋友，而性格却完全不同，真是奇怪这十多年在一起相处是怎样过来的。而面前的这两位，说不到三句话，便会互相攻击，而每次都是以林凯慌忙落败而告终。没有办法，天性冷淡的叶冬虫仿佛正好是林凯的克星。

而通常这个时候我总会看似随意地问一句把话题引开，这次也不例外。"六十多米都扔出去了，再多用点力气不就够了吗？"我询问道。小凯瞥了我一眼，像看个怪物一般，"都说搞艺术的不食人间烟火，看来是真的啊，那五米能卡下来一火车的运动员，必须不断训练，不断突破才可以。你以为和你画画一样，灵感一来，画几笔就成了？"

我有些不悦，对他看轻我画画的话不满。但由于不善言谈，所以也不会和他争执自讨没趣。

那时候无论四季，整座小城沐浴在一片沉重的红光之中。每逢周末，叶冬虫都会约上我一起，选择一处地点，一起度过一个漫长的午后。有时候是喧闹的街角，有时候是宁静的马关河畔。我通常会在叶冬虫确定地点之后，便安静地支起画板，开始写生。我会很享受这午后温馨而漫长的时光，无论周围环境是安静亦或是喧闹，都无法阻止我对画面的热爱。而叶冬虫则会从书包里拿出各种各样奇形怪状的工具，选择一处角落测量了起来。叶冬虫的父亲是新源县一个小有名气的植物专家，耳濡目染之下，她也经常做一些物种测绘工作。记得有一次，她打断正在专心写生的我，面无表情，语调冷静地说："你知道吗？新源县城沿袭旧俗种植枫树三百年来，已经存在包括青枫、色木、三角枫、地绵槭等二十个枫种。尤其是近几年，许多国外的品种也被引进，如同物种侵袭一般，每逢春雨过后，大量新生的枫树疯狂滋长。而新源县城大量其他树种却陆续死去，你发现了吗？我们除了枫树和野草之外，已经几乎看不到任何其他植物了。"

不知道为什么，叶冬虫用冷静而理智的语调来诉说这样一个不算可怕的现实，却让性格温和的我感到了些许的慌乱。

时光总是这样不温不火地缓慢流逝。

五月，阳光弥漫在蓬勃生长的枫树之间，每一场大雨之后，空气中都弥漫着一股腐烂的陈旧气息。人们依旧酷爱种植枫树，这一成不变的习俗，正像这座陈旧的小城一般，这些年来都没有太大变化，街道依旧是杂乱不堪，民居与市场杂乱交错，透露着一种说不出的破败。

每个月我都会精挑细选一幅画寄到《色彩》杂志社，用来换取一些钱来购买颜料和画纸。这天傍晚，我接到《色彩》杂志社的来信。编辑在信中对我讲，"你的画是否太单调了？总是一成不变的背景，简单到四季都不能变换。我建议你下半年先尝试一些新的画风，所以暂时不要供稿了。如果你愿意，可以参加每年十二月份的'新锐艺术家'美术大赛，如果你能突破你的画风，将是很有希望获得成功的。"

我将信封放入书桌内，忽地发现自己最近真的如编辑所说，有点江郎才尽的味道。甚至连之前创作时从未有过的烦躁感也陆续产生，想要心平气和地投入创作竟是十分困难。想到这里，便不禁有些气馁。

正当我失神的时候，手机不合时宜地响了起来，我随意地接起电话，却得到了一个震惊的消息。

林凯脚伤了！

这个消息一时让我很慌乱，我知道脚伤对于运动员来说是足以致命的。在我心乱如麻地赶往医院路上的时候，忽地有些害怕面对这件事，我害怕在林凯阳光的笑脸上出现不和谐的黯然神色。于是我发现自己的思维赶不上行动了，脑海里犹豫着，而身体却飞也似的赶去。朦胧中我只看到医院电梯里不断变换的猩红色数字，感觉到那令人作呕的失重感。

当我风风火火地推门而入，却发现林凯正躺在病床上乐呵呵地吃着叶冬虫削给他的梨子。看到我进来，显得很兴奋，用那只裹着石膏的脚轻轻地踢了我一下，给了我一个灿烂的笑脸。我顿时放心了许多，对他这个小动作有些失笑。林凯"嘿嘿"地鬼笑说："老爷子十几年过去了，也能让叶小姐伺候一会儿，这脚伤得，值！"

我无奈地搬了一张椅子坐在林凯的病床边，细致地为他剥了一个橘子，一边询问他的脚伤。交谈中我得知，林凯的脚伤并不算严重，但也需要休养几个月，如果想要恢复高强度训练，没有一年是不可能的。说到这里，林凯神色不禁有些黯然，但很快便恢复过来，继续摆出那副嘻嘻哈哈的笑脸。我知道林凯的心断然是万分难过，和他一起这么多年了，我心底知道他热爱标枪这项运动，并且在他心中永远抱着突破记录的雄心与梦想。

"如果我一年半之内破不了市记录，我就跟你姓！"林凯冲叶冬虫摆出了一个挑衅的目光，嚣张地说。

"叶凯吗？真难听。"叶冬虫仅是冷淡地说了一句，却又让林凯一阵气短。

又开始了，我心里着实欷歔了一番。

我和叶冬虫一起走在被枫树包围的医院休息区内，空气腐朽浑浊中带着医院所特有的苦药味，让我一阵的不舒服。我转过头，想要和身边的冷美人聊几句，却发现她的神色有些慌乱。我心头悸动，这么多年来，这是我第二次看到理智的冬虫露出慌乱的神色。上一次见到她慌乱神色的时候，我们都只有十岁，而那一年，冬虫的母亲在严冬大雪里一场车祸中与世长辞。

我略带疑惑地问她："冬虫，发生什么事了？你脸色好差。"

叶冬虫似乎有些心不在焉，我连声唤她，随即又将问题重复了一遍。叶冬虫仿佛意识到自己的失态，瞬间便将神色调整过来，精致的面孔迅速覆盖上一层冰霜。依旧用那一成不变的清晰理智的语调说到："昨天我到玉柳山测绘，发现整座新源县最后的一棵柳树已经死去，树干空瘪。显然，它吸收不到土壤里的养分，养分全被周边的枫树吸收走了。

目前为止，新源县树种只剩枫树了。"

我真的开始不太明白叶冬虫的话了，不禁问道："冬虫，你最近怎么了？多让自己休息吧，这些树种的事情不是我们可以管的。种枫是新源县的习俗，人们都爱枫树。况且，枫树不是很漂亮吗？"

"你根本什么都不懂！我讨厌枫树，我从小到大早就厌倦了枫树那恶心的红色！"叶冬虫神色有些激动，忽地爆发出来，"我讨厌它！我讨厌它！我看见枫树就想吐！现在已经只剩枫树了！"

我被叶冬虫激动的语气吓到了。从小到大，叶冬虫说话的语气一直是古井无澜的状态。而现在她的神色激动的程度，却早已超过了我可以承受的底线。我知道叶冬虫是个追求完美的理智女人，而通常这样的女人都会有些偏激。我仿佛预感到了一些不祥的事情即将发生。我脑海里轰鸣地搜索词句，但却毫无结果，只得默不作声地站在她身旁。

周围的空气寂静得仿佛能听到枫树的粗重呼吸。

四季跨越，新源县由于枫树茂盛，显得季节不分。

直到天气转寒，天空飘起今年第一场飞雪，人们才意识到寒冬已悄然而至。

新源县的冬天，寂静的夜里偶尔听得到冰雪压断枝杈的断裂声。而次日清晨，便会是异常浑浊的一天。白净的雪丝仿佛不能将新源县渲染，雪团大量地被阻隔在枫树枝叶上，而稀疏的雪丝降落在街道上，又迅速地被年久失修的下水道冒出的热气化为泥泞。

每年农历的立冬被新源人定为枫树节。人们在这天通常会比春节还要重视，县城中心会自由设置闹市，供人们玩乐。从老人口中得知，自发起枫树节到现在已经有三百年的历史，除了战乱年代之外没有一年中断过。我发现新源人在骨血里对枫树有着强烈的热爱，一如这些年人们对这熟悉而破旧的街道、建筑的留恋。

一大早，林凯来到我家，见到我家长出去工作没在家，随即歪七扭八地仰倒在客厅的沙发上，用他惯常的俏皮语气问我："小虫子去哪了？怎么不在家里陪你？"

从小到大，无论叶冬虫对别人怎样冷淡，却一直喜欢跟在我身后。大概是同样不善言谈，所以更容易相处。听到林凯的问题，我却突然在心底产生一阵不适，叶冬虫这半年来只和我一起去写生三次，剩下的时间一直在她父亲的研究室里鼓捣东西。我想这件事情还是告诉林凯比较好，就对他说："我也不知道，冬虫这半年来仿佛一直在忙些什么，有时候连学都不上了，整天泡在她父亲的研究室里。"

林凯脸上露出了与他表情格格不入的思索神态，随即一拍大腿，冲我说道："走，咱们去看看小虫子，有日子没和她吵架了，感觉浑身不舒服。"林凯的话总是让我想要发笑，但我却也是迫不及待地想要见到叶冬虫，好好劝劝她别总是那么偏执于一件事。

林凯和我各自裹在厚厚的棉衣中，吞吐着热气，来到叶冬虫家门口，按响了门铃。

开门的是叶冬虫的父亲。叶叔叔的神态吓了我们一跳，苍白没有一点血色，几缕灰白色的发丝凌乱地被汗水粘在侧脸。

林凯急忙问到："叶叔叔，发生什么事了！你说啊！"

叶叔叔见到我们到来神色有些慌张，林凯询问了半天，他却一直支支吾吾的不回答。见到这副情景，我忽地开始不安了起来，便问到："叶叔叔，叶冬虫在家吗？"

叶叔叔看着我们两个，叹了口气，仿佛作了一个莫大的决定一般，领着我们来到后院的小实验室，推开门。

我发誓这是我人生中见到最可怕的一幕。

叶冬虫坐在椅子上，双手和双脚分别被绑在椅子扶手和椅子腿上，那原本细腻顺滑的头发此时却散乱在头顶。她就那样坐在椅子上疯狂地挣扎着，白净的皮肤被麻绳勒出一条条深紫色的痕迹。眼睛一直盯着实验室拟生态土壤中的植物，额头青筋崩起，眼珠外凸，下嘴唇被牙齿挤出鲜红的血丝。

生性温和的我看到叶冬虫此时的样子，竟然愤怒到爆发了出来，我转过身用右手揪住叶冬虫父亲的衣领，激动地问道，我似乎听到了我拳头攥紧时的骨骼声："你对冬虫做什么了！为什么把冬虫绑起来！"

可当我看到叶冬虫父亲死灰般的脸色，攥紧的双手又慢慢地松开。

叶叔叔蹲在地上，仿佛压抑了许久的情感爆发了出来，用右手用力砸在自己的脑袋上，发出沉闷的响声。"都怪我，看到冬虫这孩子整日泡在实验室里，居然没意识到什么不对，就在寒假的第二天，我下班回来，却发现冬虫在实验室里割腕了！我恨啊……那血流了一地。后来在医院抢救过来，回到家，等她醒来，就变成现在这副样子了……"说到最后，叶叔叔的话哽咽不清，"我不敢说，我怕、我怕冬虫会被人带走。"

想到精神病院那惨白色的墙壁，我忽地开始理解叶冬虫父亲的做法。

林凯眼睛红红地看着叶冬虫，唤了她几声，却得不到回应。

我慢慢靠近叶冬虫，刚想开口，叶冬虫看到我却突然平静下来，用理智的带着寒意的语气缓慢对我说："你知道吗？我找到让新源县别的树种成活的方法了，我对二十九个树种进行了研究，发现柳树成功的可能性最大。枫树根长，想要别的树种成活，必须用人血滋养小树芽，这样便能让柳树的根伸长，能够从更深层的土壤里吸收养分。你看我成功了。"说到这里，叶冬虫转过头，目光直勾勾地盯着实验室一角的拟生土壤区，接着神色激动起来，"放我！放开我！喂血的时间到了！啊，快点放开我！"

叶冬虫的话让我如坠冰窖。

春季本应是万物繁盛的季节，可是几场春雨下来，除了枫树的疯狂生长之外，别的植物都显得有些萎靡不振。叶冬虫的血液没能阻止整座小城的枫树生长，这让我感叹之余不禁有些不甘，而整座小城，也没有丝毫的变化，依旧杂乱而喧闹。

这段时间我停止了作画，因为再也没有了原来创作的热情。只是安静地陪着林凯做一些适应性训练。放学后和林凯一起去看望叶冬虫。冬虫的病有了些许好转，这无疑令我和林凯又有了些许希望。

有一次我问林凯，你说冬虫这样做究竟为了什么？她为什么非要在新源县种植别的树种，枫树不是也很美吗？

林凯默默地说了一句，每个人都有自己的追求，就像我，不想去种树，我只想突破我自己的极限，不断地挑战运动场上的记录，挥洒自己的汗水。说完，做出了一个跳跃甩手投掷的动作。

林凯说着的高深话语与他天性格格不入，但我却从中听到了掩藏在林凯心底的那份不曾显露的执著。

盛夏的阳光哪怕在宇宙中穿越了无数年才缓慢地流淌在我们眼前，可是依旧带着几分炙热。这是一个万物繁盛的季节，按常理说，枫树在这个季节应该会疯狂滋长到每一个角落，可是今年，枫树仿佛预感到了什么危机一般，老老实实地缩在角落。人们以为是种植方法不对，纷纷进行调整，但却无济于事。

周末午后，我和林凯来到叶冬虫家里。叶冬虫最近已经很少发作，所以也不再将她绑在椅子上了。和每天一样，叶冬虫只是寂静地伏在拟生土壤前，默默不言地盯着。阳光透过窗口洒在冬虫的身上，额前细碎的发丝温暖而温馨。

林凯小声说："或许现在的叶冬虫，才是真正的自己吧。"

我默默地点头，很快发现今天的叶冬虫有些不同，却又想不到不同在哪，仔细观察了一会儿，发现，叶冬虫古井无澜的脸上，嘴角竟露出一抹淡淡的笑。

我悄悄地走了过去，观察叶冬虫盯着的地方，是她种下的那棵柳树，细嫩的主干被周围粗壮的枫树包围。但是，枫树却明显不同以往有些萎靡不振。而在那棵细嫩的柳树枝干上，竟然生长出几抹清脆的绿芽！

我感到了柳芽生命力的蓬勃。

和小凯告别叶叔叔。

回到家，我仿佛突然抓住了什么，支起画架。左手颤抖地拿起画笔，专心致志地描绘着，仿佛在画中倾注了自己全部的热情。画面渐渐明朗了起来，汗水挥洒的操场上，一个少年投掷标枪的飒爽身姿。整幅大背景被深红色的枫树包围，而在一个不被注意的角落，却安静地生长出一株稚嫩而倔犟的细柳。那充满生命力的翠绿色柳芽，给画面整体带来了一种欣欣向荣的勃勃生机。

三天后我完成了这幅画。

我完成画的时候，林凯打电话给我，激动地说他的成绩已经恢复到伤前水平，离记录只差五米！听着小凯兴奋的话语，我忽地有些温暖得不知所措。只得让他先挂断，一会再打过来。

挂断电话，我填下"新锐艺术家"大赛的参赛地址，将画寄了出去。

我仿佛突然懂了什么。

马关河的河水冰封、融化几许。转眼间两年的时间仓促逝去。新源县城原本消失了的各种绿色树木仿佛被唤醒一般，陆陆续续地生长起来。喜爱种植枫树的人们也渐渐发现，这些青翠的植物同样让人看起来舒服，于是不少人改种其他树种。也不知道是政策惠及新源县或是其他，两年来新源县面目大改，高楼如雨后春笋般建起，人们也会经常高兴地自行打扫门前的脏乱街道。整座城市，呈现出一片欣欣向荣的情景。

我坐在初春的校园看台上，支起画架。空气带有绿意拂过。我的画在"新锐艺术家"大赛中一鸣惊人。但是我还是喜欢安静地坐在看台上，画林凯掷枪的动作。

今天下午，我便要乘火车离开这里去进行我一个人的旅行了。不久前我发现自己的画风难以再次突破，所以我做出了一个游历全国作画的决定。林凯当时黯然了一下便很快恢复过来，毫不犹豫地对我的决定表示支持。

我画完最后一笔，看着身旁安静的叶冬虫，小声问她："看，小凯的姿势很美,不是吗?"叶冬虫的病这两年来基本痊愈,但是却变得不能说话。性格也如千年冰山融化一般,带着些许春日阳光般的温暖。但每次对林凯仍然是一副不屑的表情。我以为叶冬虫会和原来一样用鄙夷的目光看我,可这一次不同,她看了看画,看了看小凯训练的身影,笑容温暖而湿润,轻轻地点了点头。

一时间我眼睛湿润。

火车站。

人流喧闹。

告别了前来送行的林凯和叶冬虫,我踏上了前往异乡的火车。火车轰鸣地发动起来,我从窗口看到林凯和叶冬虫慢慢变小的身影,眼前模糊一片。朦胧中,我见到了许多许多曾经的事。有这些年来和小凯、冬虫一起或哭或闹的场景,有静静地斜插在草坪中仿佛永远渴望突破最后五米的标枪,有火红的枫树中茁壮成长的被鲜血滋养的嫩绿色枝芽,有我十多年来不停地支起画架创作的热情。

到最后,只剩下傍晚时分,我和叶冬虫一言不发地坐在操场看台上,火红色的大背景下,我安静地作画,叶冬虫有些略微失神地望着角落里一棵茁壮成长的绿色枝芽。而台下火红的浓重余辉中,一个骄傲而倔犟的模糊背影,重复不断地跳跃、骤停、甩手。

标枪如响箭般划过青葱岁月。

作者简介
FEIYANG

　　勘则平,男,1990年10月出生于北京。天蝎座男生。性格双面,思想理智。崇尚文学的文学性。喜欢的作家有苏童、韩寒、周丽晶。(获第十二届新概念作文大赛一等奖)

寂寞的绽放 ◎文 / 周笑冰

很多时候，我觉得自己是被遗弃的孩子。

熟悉我的人会说："怎么会呢，芷芷是优秀的人啊。成绩在年级排第二，学校的文学社副社长、广播站副站长，很出色啊。"是啊，真的是很好啊。只是当年级第一、文学社社长、广播站站长都是同一个我无法超越的人时，这样的出色听起来更像讽刺罢了。更何况连试图躲开她都不可以，更不能去嫉妒她，去讨厌她，因为她的名字是陈汀兰——我的双胞胎姐姐。

"岸芷汀兰，郁郁青青"。对古文颇有研究的爸爸，把范仲淹的《岳阳楼记》作为我们名字的出处，不知是不是疏忽，姐姐叫汀兰，我却成了陈岸芷，这也是我唯一能超越姐姐的地方。五岁生日过后的第二天，我莫名其妙地生了场大病。虽然经过治疗，病情得到了控制，但是由于使用了大量的激素，我变得肥胖臃肿起来。随着年龄的增加，父母更多的时候愿意向外人介绍依旧清秀可人的姐姐，而我就逐渐在父母有意无意的一次次忽略中沉默下去，把所有的精力都专注在学习上。而即便如此，我的成绩依然比不上姐姐。如果说我是一只孔雀的话，那么姐姐就是更加光彩照人的凤凰，我所有的努力即使得到了很多人的肯定，只要姐姐一出现，我便成了映衬姐姐光彩的铺垫。于是我尽量避免与姐姐相比较，因为那只会一次次地加深我的痛楚，提醒我永远也赶不上姐姐的事实。

也许是我伪装得太好，姐姐并不知道我笑容底下的无奈。因而无论参加什么活动，都会叫上我，于是我成了聚会中最沉默寡言的那个，坐在一侧静静地看着姐姐的一颦一笑，暗暗地咬着嘴唇，不知道是不是自虐的一种。

初二下学期期末考试后的第一天，是我和姐姐的生日。姐姐执意要在家里举办生日聚会。

下午四点，聚会正式开始。姐姐的朋友应邀而至，不算小的客厅挤满了人。姐姐收放自如地在人群中穿梭，像以前一样，我在角落中静静观看，这是姐姐的节日，不是我的。间或有人提起陈岸芷，也会被喧闹的声音所掩埋。在他们心中，陈岸芷是一个刻苦努力的好学生，是安静而内敛的。天知道我有多么想像姐姐一样光芒四射，在自己的青春中肆意地开放。

望望墙壁上的时钟，离切蛋糕的时候还远着呢，我便抬起了脚步，想到自己的房间里去，躲开姐姐仿佛无处不在的笑声。这时，一个男生挡住了我的去路，"你是陈岸芷吧？"他干净的脸上带着纯粹的笑容。

"是啊。"我顿下了脚步，有些诧异地打量眼前的男生。

"我看过你在校刊上的文章啊，很好呢，你是怎么写出来的？"

"我……"不是没有被问过类似的问题，只是很多时候都是作为姐姐的附属部分提出来的，"陈岸芷的文章'也'很好呢，像她姐姐一样，是不是？"于是受到别人夸奖时本应有的欣喜都变成了讽刺，为什么还是赶不上姐姐？我明明已经很努力了啊。因此便拒绝回答别人也许是善意也许是好奇的提问，只留下"是不是"的尾音在空中尴尬地流淌。

"就是随便写写了。"我不知所措地答道。

"哇，随便写写都可以写那么好。"男生夸张地大叫，随后又不好意思地摸了摸头，"太厉害了，我一看见作文脑袋都疼呢。有空一定要教我哦，徒弟这厢有礼了。"说完，他做了一个滑稽的手势。

"那是一定哦。"受他的影响，我也情不自禁地笑起来，头一次觉得姐姐覆盖在我身上的光芒正在逐步散去，"那么你可不可以告诉师父你的尊姓大名呢？"我开着玩笑。

"当然可以了，我是初二（1）的沈野，语文老师经常在班里念你的作文，我们都要嫉妒死了。"男生轻快地笑起来。

"真的吗？我才知道自己居然有令人嫉妒的本钱哦，以后一定要保持并且发扬光大。"

"难道你没感觉吗？你一直很优秀哦，堪称我的偶像。"他冲我眨了眨眼睛，又笑了起来。

"原来我还有粉丝呢。"我终于大笑起来，"荣幸至极。"

在接下来的整个晚上，沈野都在一旁说着轻松搞笑的话语，我本来灰暗的心情也随之一点点明快起来，直到晚上 8 点钟，路灯接连亮起来时，那些朋友才逐个告别，沈野也一蹦一跳地带着我借他的作文集离开。临走的时候，又做了一个鬼脸才作罢。我嘴角不禁扯出一个弧度。

回到屋里，姐姐倚着门等我，"芷芷，玩得开心吗？"

"很好啊，比以前有趣多了。"我向姐姐笑着说，多了一点真诚，少了一点冷漠。也许，在姐姐后面也并不一定是一件沮丧的事情，我如是想，并没有注意姐姐转身之后愉悦的笑容。

那场生日聚会之后，我经常可以看见沈野。而他每次也都会露出笑容和我开几个玩笑，言必称"师父如何如何"，直接后果是导致全年级同学都知道，一向安静不张扬的陈岸芷收了个活宝徒弟。而我也是逐渐知道沈野的成绩也不错，在男生中也算得上佼佼者。不过他的作文倒是拉了后腿。我惋惜的同时也暗自庆幸正因为如此才给了我们认识的契机。而与此同时，我和姐姐的关系也开始好转，至少我不像以前那么躲避姐姐了。

在初三这个草木皆兵的年级，男女生交往有一点密切都会引来别人的侧目，而我和姐姐却是个例外。姐姐的人缘一向很好，无论男生女生都很合得来，并没有特别倾向谁，更不会使他人胡乱猜测。而我和沈野保持友好的关系也已经很长时间却也没有招人非议，究其原因是因为除了成绩之外，我和沈野条件实在相差太多吧。我的体重已经足够使别人放心了。有的时候，我会略带些心酸地想。

尽管只是名义上的"师徒关系"，我还是把自己一点点浅薄的写作知识教给了沈野。而天性聪慧的沈野成绩也是日益攀升，很快占据了年级前五的位置，直逼我和姐姐。我并不觉得紧张，反而替他高兴，而令我感到不安的是，我越来越依赖沈野看似狡黠实际使人安心的话语，哪怕仅仅是一个无意的笑容。

一次看沈野在篮球比赛时被同学撞翻受伤，表情痛苦的样子，只觉得心被敲击一下，两节主课都没上好。莫非，自己喜欢上沈野了？我被自己的想法吓了一跳，然而却也无法反驳。应该，就是了吧。

确定下来使自己不安的因素后，心里有一点甜蜜，更多的还是自卑，自己除了成绩可以与他相比之外，就再无可取之处了吧。应该不会有哪一个男生喜欢比自己胖的女生，何况沈野又是那么的优秀。终于有一天，我抑制不住自己紧张的心情，把它告诉了姐姐。

姐姐当时正在写作业，听到之后，表情古怪，笔也无意识地划破卷纸，渲染出一片蓝色的痕迹。然而又很快平和下来，"是真的吗，真令人不敢相信，那我先祝福你了。"

"可是姐姐，我的条件这么不好，还长得这么胖，姐姐，你说沈野会喜欢我吗？"我忐忑不安地问道。

"有什么不可能的，你可以尝试改变自己啊，多做点运动，可以慢慢瘦下来啊。"姐姐依然笑着说。

有了姐姐的支持，我又对自己充满信心。每天都会早起跑步，即使特别饿也只吃很少的食物，如果自己瘦一点，再瘦一点，沈野就会注意我，从而喜欢我吧？我暗自想着。

日子在期盼中过得飞快，很快临近6月份了。在初中最后一次生日聚会的时候，我和沈野已经成为了无话不说的好朋友。我贪心地想使我们之间的关系更近一步，我决定在那天向沈野表白，看着镜中自己经过千辛万苦的节食而略显瘦削的身体，我淡淡地笑，说不担心是假的，但是自己那么努力，至少具备了向他表白的资格吧？剩下的就真的只能交给上帝他老人家了，看幸运之神是否会眷顾我。

当聚会完毕，人群逐渐散去时，我寻找着沈野的身影。可是到处也看不见他。失望至极的我准备回到自己的房间，却意外地在姐姐的房间外听到了他的声音。内心被好奇心盛满的我蹑手蹑脚地走过去，想要一探究竟。

"陈汀兰，我真的不明白你到底在想什么？"沈野的声音很大，他们是在吵架吗？我不安地想道。

"沈野，你听我说。"姐姐的声音很小，却有着坚决的味道。

"陈汀兰，我喜欢你。"屋内的对话再清楚不过地传到我耳中。突然之间，世界是一片可怕的静默。我整个人跌坐在地上，屋子里也沉默下来。最后姐姐幽幽开口："沈野，我也喜欢你，但……"我跌跌撞撞地跑出屋外，心中是一片空白。姐姐知道沈野是我喜欢的人啊，她怎么可以这样？眼泪不听使唤地流了下来，原来丑小鸭只会在童话中得到幸福，现实生活中它是怎么也变不成白天鹅的。原来童话真的都是骗人的。

忘了最后是怎么回到家中，只记得看到姐姐时，她的欲言又止。我暗暗冷笑，目不斜视地走过去，听见了姐姐的叹气声。

接下来的三天，不知道是怎么回事，我再也没有看到沈野，也许是姐姐捣的鬼吧。她也太多心了，纵使我也喜欢沈野，我又能怎样呢？新的流言在校园四起，说姐姐和沈野在谈恋爱。第四天，姐姐被叫到教导处，同样去的还有沈野，在教导处门口，我与姐姐擦身而过，姐姐张了张嘴，最后还是没有说出话。只是令我始料未及的是，爸爸妈妈也知道了这件事，一向好面子的他们按不住脾气，在教导处扇了姐姐一个耳光，即使姐姐拼命咬着嘴唇，眼泪还是流了下来，也一滴一滴打在我心里。再后来，便听见姐姐与沈野分手的消息。年少的感情不过如此吧，我撇嘴。之后的日子里姐姐异常沉默。

事情发生的一个礼拜后便是中考，我终于如愿以偿地以学校第一的成绩考入了重点高中。沈野在学校排到第 20 多名，险险地达到了录取的最低分数线。而一向聪明伶俐的姐姐因为情绪的起伏意外失手，名列 40 名左右，自费上了重点。所有的人都惋惜姐姐，认为是她在最后关头没有控制好与沈野的关系而导致成绩下滑。是真的吗？我自嘲。姐姐的朋友想要找出向老师告密的人却被她婉言拒绝，她在袒护谁？

得到全校第一光环的我并没有想象之中的高兴，即使我在家中取代了姐姐的位置，受到父母的重视。中考失利的姐姐待在家中沉默寡言失去了往日的活泼，我也一点点有些感伤。

一天补完课后，我回到了家中，听见姐姐在客厅打电话。本想就此走过去，但还是忍不住留了下来。

"沈野，我……"又是他。姐姐上次受的教训还不够吗？我冷笑，最终又因为内疚而继续听下去。

"我知道是芷芷说出去的，"姐姐的声音突然高昂起来，"她瞒不过我，可是，她是我妹妹啊，你让我怎么去讨厌她？不要怪她，好吗？我相信她不会是有意的。"姐姐的声音转至柔和，"还有，沈野，上次拒绝你，对不起。"

我的脑袋一片嗡鸣，早该想到的，聪明如姐姐如沈野，他们怎么可能对我的小把戏一无所知。只是他们都在用自己的方法来保护我，竭力不去伤害我。只有我是他们最亲近的人，却也伤得他们最重。姐姐却一直在宽容我，谅解我，而我又有什么资格去质疑姐姐喜欢沈野与否？作祟的，是不甘心罢了。

"陈汀兰，我喜欢你。"

"沈野，我也喜欢你，但我们是不可能的。对不起。"

这就是那天真实的对话，亲爱的姐姐啊，我最终还是伤害了你。年少的轻狂无知，还来得及弥补吗？我的泪水终于肆意横流。

花开并蒂，不同的是，姐姐是真的喜欢过，为别人着想过，即使凋零也拥有曾经繁花似锦的记忆；而我却被风雨遮住了眼睛，最终伤害了他人，最后纵使不甘心，也只是寂寞的绽放。

作者简介
FEIYANG

　　周笑冰，1992年白羊女。性格散见于白羊、魔蝎、双子等星座简介。既宅又腐，前途未卜。多才多艺，具体表现为会上网，会听歌，会吃饭。笔名,苏十三。偏安一隅,胸无大志。但愿相见欢,如梦令中浪淘沙,采桑子共木兰花。(获第十二届新概念作文大赛一等奖)

第 2 章

晚安，红舞鞋

虚荣生根了之后便无法摆脱，只有用惨烈的代价
才能使其消亡

流落 ◎文/周丽晶

餐厅。面前的桌上叠着的三盒烟。

下层放着 Sobranie 的 Cocktail 和 Black Russian，上层是台湾漂亮的 520。

忽然想起尚在花季年景，在北京的后海，同行的朋友韦，在那里买过一包 Kent 5。水蓝色的健牌 5 号烟，夜色下闪烁着平静的光泽。那个朋友是喜爱外烟的，热衷的只是外烟漂亮的烟型和烟盒，并一直收藏着这些有着漂亮外表的东西，只是自己从不吸食。

后来我再未见过水蓝色包装的 Kent 5，而邂逅了浅绿色包装薄荷味的 ESSE。纤细小巧包装的 ESSE，有着更纤细的烟卷。我素来喜欢那些与众不同而又纤细漂亮的杆状物体，素白与淡淡绿色，小小的 ESSE 让我多年后有了和朋友韦一样的喜好。我在烟盒右上角打上孔，闲置了的与 ESSE 颜色相近的淡绿色纤细的丝绸带，自孔中束进穿出，打上一个简洁精致的结。这瘦小的壳，瞬间像是件不忍去碰触的精巧艺术品。

桌对面的女子伸出手从 520 中抽出其中的一支递给我。我接过，依然只是闲来打量着这烟。520，这最与众不同的烟之一，滤嘴上镂空着爱心，点燃便显露红色。多少情场失意的女人，转而爱上了它，以为这小小的爱心，就是自己心中爱的雏形。

而我对这支 520 的兴趣不过只此戛然而止。有些东西对某些人来说只需停留在其美好漂亮而精致的一面，再深入接触，反而发现其不好的地方，被带进它的危险地带，于是心生厌倦，反将之前的喜爱，打落得锱铢不剩。

我把手伸过去，把这支 520 塞回她手中。

"不抽？"女子反问我。

"不。不需要。"我简洁地回答，婉转而直接地绕开了这个话题，"你和他，分分合合了那么多次，现在，到最后，还是决定分开？"

"是，七年的感情依然脆弱不堪一击。即便有过诸多分离和好，诸多甜蜜争执，然而到了最后，大抵是厌倦了这样平淡的感情，厌倦了过多的分分合合，一次又一次，轮转不休。我自还在意气风发的年龄就跟随他，这么多年，从当初盛气凌人的花季女生，一直到现在逐渐淡漠的女子；从十几岁的年龄，一直到现在二十多岁的光景；从最初心中浓烈而直接的热恋，到现在淡然平静的感情。七年的时光，已然让我把他从当初那个爱恋的对象，渐次转变成心中默许的仿佛亲情一般的感情。可是你知道，男人的想法与女人不同。时光远走，多有疲倦，他们需要新鲜。同是二十多岁的年龄，对女的而言就意味着青春逐步远去，身边的朋友大都忙着物色自己的结婚对象，生怕一个耽搁就老去了自己嫁不出去。可对男人来说，他们的黄金年龄还尚未开始，或者，仅仅是开了一个头。"

我喝了几口咖啡道："是，的确存在这样的不公。可爱情如此自私，不是这样就能随便无私拱手相送的东西，为何不去拼抢，像你在事业上那般？我们朋友一场这么多年，从未见过你如此轻易就松手放弃，难道你心中就没有不甘吗？"

"当然有过不甘。可是你不懂，一段感情如果走过太多的时间，所有的爱意与恨意，不甘与拼抢，不肯放弃与歇斯底里，都会在一次又一次的感情危机中，逐渐被磨去棱角，变得不再如曾经那样浓烈而直接。也许我同他之间已经不再是种爱情，更多是种亲情般的感觉，彼此习惯对方多年，才在之前有了多次的不愿轻易放弃抑或离去。可是这次我已无力拼抢，对方年轻漂亮意气风发，有着甜美天真的笑颜，浑身都散发着青春的活力。知道为什么再大的男人都会喜欢那些年轻的女子吗？往往就是因为这个。而我已经过了那样横冲直撞的年龄，开始淡泊，平静，隐忍。在我透过他的身影，看到他身后的那个女孩子时，我的眼神很复杂。可是从那女孩子身上我忽然像是看到了多年前的自己。如此，我须臾明白了他，这些都已经是正常而普遍的情况，他有他的无奈，我亦是。与其过多计较不如好聚好散，在此之前那么多的感情危机中，我已经赢到现在，如今即便失败，也无多少埋怨，更无恨意。"

"但你依然为此疼痛。"我抬手理了理她的刘海，"你的放弃，并没有你表面上说得那么潇洒容易。"

"是的，毕竟也那么多年了。人的年轻时光，能够有几个七年，又能经受得了几次波折。曾经我也歇斯底里过，死不肯放手，一路跌跌撞撞，终于纠结到了现在。但现在的年龄，已经不适合那种紧抓不放的感情。多少人面对感情紧抓不放，直到对方在自己的不成全与逼迫下感情彻底窒息死亡。这样的人，同时也委屈了自己。我相信他对我有着同样深的感情，可他已经疲倦，我也已感到劳累，兴许是到了两相离散的时间，给自己喘气与自由的机会。因为他的心已不在我这里，若将他这个人强行留在身边，也依旧还是要不停歇地拼抢他那颗流落了的心。我不愿意我的不成全，造成我和他双方更多的困扰，若是他的脸上因此多了哀愁，我将更觉疲乏。"

她俯首凝视着自己手中刻着爱心的 520 烟，用手指沿着烟卷轻轻抚摸过去，是这样落寞寂寥的指节，眼中逐渐有了淡淡泪光，但很快又消逸不见："可是七年感情的逝去，心里像是突兀被抽空，荒芜自是不用言语。这样的结局，强加给七年，2500 多天，耗尽了太多力气。如今对待感情，不似当年那样充满锐气。我只感觉累，想尽快结婚。"

"但你也同样清楚，要找到一个情投意合彼此有感觉的人已是那样困难，要遇见命中注定的那个对的人，是多么不易。"

2006 年夏季，我从大学毕业。没有留在大四时原来实习的单位，而是找了家外资企业工作。离开了原来的单位，在实习期朝夕相处的同事朋友也一并随之灰飞烟灭，就是这样充斥成人世界的空洞而冷漠的世间情意。

晚上下班还没来得及去吃饭，Tina 打了个电话到我手机上，说是要我一同去参加 Ellen 的告别 Party。于是我这才知道原来 Ellen 已经决定放弃工作出国继续深造。Ellen 与 Tina 本是我大学时同寝室的姐妹，而当我们踏入社会远离了校园后，我才蓦然发现我对自己身边的每一个人每一件事都曾经这般漠不关心。

那是在徐家汇。一次告别聚会让我重见了许多朋友，一些早已从我身边离散的，一些至今尚存有稀少联络的朋友。有些脸已然开始陌生。我相信人的缘分自有定数。从遇见的第一秒就可以知道是否会有交集，是否会有别样的关系或故事，会持续下去还是在某个自己预料得到或者意料之外的时刻结束彼此的缘分。我一直这样地深信不疑。一群人先是吃了饭，彼此讨论了下近几年的近况。我并不喜欢人多的场合，大多时候只是捏着玻璃杯侧耳漫不经心地听她们的对话。不断听到有人说以前的谁谁谁现在发达了，谁谁谁又混惨了。杂乱的说话声三三两两地夹杂着普通话上海话和英语。

等到饭桌上一片风卷残云过后，Ellen 又提议到楼上的好乐迪 KTV 唱上几个小时发泄发泄。一群年轻气盛的青年们自是全票通过。光线比餐厅里暗淡得多的 KTV 包房，冰兑的各种味道的调酒、朗姆酒，还有其他酒精度数高的酒。一打又一打，觥筹交错间伸手再一捞只是掠倒一排空瓶而已。包房烟气十足，放在各个角落的烟都被抽尽一空。不断有嬉笑怒骂抑或喊"CUT，切歌！"的声音。

Ellen 喝得最多，足以用烂醉如泥来形容。酒劲中的 Ellen 情绪变得异常激动，眼泪哭花了脸上细致的妆，口中间歇哭喊着一个男人的名字。方才还喧嚣无比的包房瞬间全部安静下来。

Tina 凑到我耳边小声说，Ellen 谈了好几年的男友前段时间不要她了，跟了另外一个女人跑了，可怜 Ellen 如此痴情的女孩子怎么能一下承受得了这样的打击。说是出国深造还不是为了逃避现实，想要以此忘却，顺便念书静心。

原来如此。

我原先还在纳闷为何 Ellen 会突然放弃高薪的工作说要出国，原来又是一个为情所伤的女子。我同 Tina 互相对视着轻轻地叹息。

"唉，这样的男人……"话到一半又突兀停下。是啊，还能说什么呢，即便是批判几句也没有任何作用，况且感情中的是是非非本就永远是这样纠结，都是说不清的。

Tina 拉着我站起身要把 Ellen 扶起来送她回家休息。这时一直坐在角落里的一个男人平静地站了起来走到我们面前，轻轻拉起 Ellen，用淡而略带疏远的语气平静地对我们说："我帮你们一起送 Ellen 回去吧，三个女孩子家，不放心。"

"呃……你……送……"Tina 面对突如其来的陌生男子说话都开始有点结巴。

"我是 Ellen 的上司……也是好朋友。"男子温和地朝我们淡淡微笑下，转而视线平移到我脸上说，"我认得你。Ellen 跟我提到过你，说你跟我是高中校友。"嘴角有抹淡淡的却又似孩童般笑容，逐渐漾开到整张脸上。

男人开车送我们回去。车里开着温度适当的暖气，Ellen 一直在朦朦胧胧地说胡话，我和 Tina 各攥紧她的左右手。半路上我帮 Ellen 撸了下衣袖，却意外发现了她手臂上有十几道刀伤。我瞬间愕然无比，可是我表面上什么都没表现出来，只是像什么都没发生过替 Ellen 重新将衣袖撸下来。男人从反视镜中向后座的我们瞥了一眼简单扼要地说："我先送 Ellen 回她爸妈家让她家人照顾着，然后我送你和 Tina 回去。"

已经近凌晨时分。送回了 Ellen 和 Tina，男人回过头温和地对我说："你坐前面来吧，坐我边上，也可以说说话。"

我开了车窗，深夜的冷风有些刺骨，吹乱了我的头发。然而这冷风却忽然把我吹得很醒。

　　Ellen，可怜的 Ellen。当初浓情蜜意时按她理智的性格一定会想过也许会有分手的一天，然而天意弄人，多年没有离散的感情让她松懈警惕，以为终于找到了可以天长地久的爱人。她又怎会没想到男人需要新鲜感，况且又是这么多年的感情，早就过了爱情的保鲜期。但是，是谁说的恋爱中的人智商为零？Ellen 即便明白这样的情况，也依然会心存侥幸一心以为自己不会落到这般境地吧。可怜的傻女人。但哪个女人没有这样傻过呢？都是这么一路走过来了，现实里哪来那么多生死相许天长地久呢，都已经不是孩子了。

　　"饿吗？"男人目视前方边开车边说，"聚会的时候我看你几乎就没吃什么东西。"

　　我须臾间微有愕然，旋即微笑起来，"你观察了我很久吗？"

　　男人踩了刹车，车停在了一家 24 小时营业的超市门前。"如果我说是呢？"这个手尚搭在方向盘上的男人侧过脸面无任何掩饰表情地静默地注视着我。这就是一些成熟的男人不同于普通男人的地方，不仅仅有着普通男人所不具备的气质，他们的心里更清楚自己要的是什么，该用怎样的办法来得到，或者，在什么场合下应该故作掩饰，什么时候又该坦诚而直接。

　　"我下车买点东西。"他打开车门回首看着我说，"你要一起去吗？"

　　夜间的超市打着充足的暖气，还是冬末时节。结账时捕捉到了收银员的脸上隐藏着的深刻的疲惫。生活其实是件相当累人的事，无论是生存上物质的拼夺还是感情上的种种纠葛。在我看来后者的疲惫程度更大，一旦失败的话伤人指数要更远高于前者，如果这个人不是个唯物质利益是图并且有一定重感情情结的话。这样的现实状况让我变得格外沮丧。突兀想起自己还是花季少女时，高中时代青涩的初恋，彼此都是这样矜持而害羞，因为一点点小事都可以心里甜蜜或者生气很久。我依然记得初恋男友同我分手那段时间自己丢脸的样子，连着两周生病无法去学校，有时突然高烧起来，过会又自行退下去，再过段时间也许又会自行烧起来。特别难受的时候就会自虐，失去理智地在自己左手上用美工刀一下又一下面无表情地划过去。那样的痛感和细密的血珠，成为我怀念初恋时最后的印象。我曾经是那样输掉了爱情又同时轻易输掉了我的自尊，输得一败涂地。而曾经那样偏激凛冽的自己已经远去，现在的我至多只会拿沉默来抵抗一切企图让我受伤的事。人本能的强烈的自我保护意识在这逐渐更为残酷薄情的社会里突显得更为明显，人无论如何都不能对不起自己，更不要自己伤害自己。即使别人伤到自己，我们依然要善待自我。

从超市里出来感到一丝寒冷，我的精神状态因为刚才的心理活动变得更为低迷。

男人重新发动了车子。"岚，我知道你在想什么。"他竟然知道我的名字，"Ellen 手上的伤我看到了，在前面我把她拉起来的时候。"

我低着头没有说话。

"Ellen 一直是这样一个孩子。是，还充满了孩子气，什么都会走极端。"男人轻轻叹了口气，"真性情的人总是容易受到伤害。她会经历到这些，也是必须和无可奈何的。"

我依然没有回话。一路间彼此都默默无语。直到车停在楼下，我松开安全带，说了声谢谢。

"岚，Ellen 一直把你当好朋友，也经常会提到你和 Tina。"

"是，我明白。否则你不会知道一个素未谋面的女子的名字，更无从知晓是自己的校友。"

"我听 Ellen 说大学时的心理课你们需要做一个关于气质的测试。心理学上的气质同我们平时说的气质不同，是天生的，后天改变的可能微乎其微。而那个有 100 多道题目的专业测试下来你是典型抑郁质的人。"他转过头凝视着我，"我那时候就在想，那会是一个怎样的女子。Ellen 今天叫来了许多朋友，我知道她一定会叫上你。整个会场里吵吵闹闹，唯有你一个人安静不语像是不存在这氛围中一样。从那刻起我就确定那个人，就是你。"

"那现在呢？"我说，"你该觉得我是怎样的呢？"

"我一直很好奇，像典型抑郁质的人心思都特别敏感，性格也更为内向。岚，我感受得到你是个受过很多伤害的女子。你同其他受伤的像 Ellen 一样的人不同，你对伤害的反应更为冷漠淡薄，这定是经历了很多事情受了很多伤才能散发得出那样冷漠仿佛事不关己的气质。"

我长长地呼出口气说："你该明白我的确不会否认你所说的。但是那些终究是会过去的。因为那些事我也许更明白自己现在该做些什么。"

"是。你经营文字，具有更深的理智和更丰富的感情。你一直是这样聪明，岚。"

我打开车门："谢谢你今天送我们回家。抱歉麻烦你了。"我简单地客套了下便走出了车门。

"岚，我叫朝琰。"

朝琰。这是我最后所听到的。

我想起了聚会时我所注意的那个坐在角落中的男人。喧扰的朋友们，各种吵闹的声响，很多人飙歌喝酒猜拳抽烟。唯有他的静默，宛若手心里微弱而凛冽分明的光。穿着黑色风衣和剪裁精致价格亦是不菲的 G-Star 裤子。清瘦的男子，有着英俊的侧脸和精致的五官，正面看去是江南人所拥有的典型的清秀。聚会时拿着酒杯和开车时的那双漂亮的手，修长利落的手指。并且事业有成。二十多岁近三十岁的上海男子。

想起了他嘴角有如孩童似的微笑，看着我时直接而清淡的眼神，以及最后那段话。同是聚会中仅有的两个保持长久缄默的人。

请相信，在某一刻，我忽然预感到自己日后一定会与他有段交集。难以言喻。

朝琰。就是他。

会收到他的短信或者接到他的电话，往往也就是平平淡淡的几句，有时网上攀谈几句。熟悉点后偶尔下班会约出来一起吃个晚饭，彼此言行举止都得体大方。大家都是安静的人，交换着聊聊生活、工作、理想和喜好，也都心照不宣地避开谈及过往的感情经历，对彼此曾经的感情纠葛都不清楚。只知道他多年前有过一个优秀的女友，分手后多年未再恋爱过。家中父母非常喜欢他们一个朋友的女儿，同他亦是多年朋友。如此优秀的男人，那女子自是爱慕着朝琰，经常企图想要小女人般地黏着他。

我笑起来。到了这个年龄段，这样平凡俗气的女子满街抓抓便是一大把，急于想钓到条件尽可能好的男人结婚，有着更为急躁与斤斤计较得失的内在。

同朝琰开始的关系平平淡淡。大抵彼此都是逐渐青春逝去并心理渐渐老去的人，有着平淡的心境，彼此有着自己无以诉说与激烈挣扎的事情。时间的流逝已经让我们都丧失了儿时那种倾诉欲望，总感觉叹口气憋在心里自己承担就好。

这样的感觉直到他落寞地出现在我家楼下那天终结。我开始确定，这是个让我已麻木多年的心为之微微疼惜的男人。

他看着我，声音微微沙哑。在这大雨滂沱的阴雨天，他的容颜似同平时一般干脆清晰，只是多了隐藏的愁容。长大的人，都隐藏得如此小心翼翼且不易被察觉，只有极熟悉或者敏感的人，才察觉得到。

他的声线依旧听上去貌似平稳的样子。他只是站在雨里淡而简短地说："我不想和她在一起。"几乎是一瞬间，我立刻明白过来"她"指的是谁。那个他爸妈好友的女儿，那个爱着他而他却不爱的女子。

我不懂发生了什么，不明白出了怎样的事，甚至一时间惘然到不晓得回答什么好。

可是朝琰却说了下去，亦是简单的一句话。

"岚，跟我走。"

是句带着自身力量的话。席卷呼啸而过夹杂雨滴的风声。

跟我走。跟我走。一声一声像是从天际传来。

迷蒙了我的眉眼。然而我只是缓缓伸出手碰触了下他的头发。他的脸是冰冷的，带着雨水的味道。我的手垂下去，抓住他的手指。我说：

"可以了。不要再淋雨了。先进来再说吧。"

朝琰过来同我同住。尽管自始至终我都不很明白究竟发生了什么样的事，但是他那同以往不同的样子还是让我清楚他碰到了麻烦的事情。他往日的强大也许在这样的事上显得薄力，于是转而逃避。可是他想到的却是我，逃来我的空间、我的世界。

请相信，虽然住在同一屋檐下，可是一清二白，并没有发生什么过分的事。我混乱的生物钟，因为这个生活极其规律的职业男人而得到了稍许的改善。不会再经常靠方便面混一顿是一顿，家里堆着的杂乱的东西会有人细细地收理清楚。也许，这段日子，我稍微开始像了点正常女性的样子，而不是往日的邋遢散漫冷淡的宅女形象。

那句"岚，跟我走"，记在心里，但不过分觉得这代表或意味了什么，更无从有任何返想。这句话只表达了他爱我，尽管这是他在不长的时间里决定的事情。同样不同于往常的疑心，这一次我的心竟选择了相信。他的爱不是年轻人多有的死缠烂打，有着界限，不牵绊自己，亦不影响我的生活。这样的感情或许会让别人感到平淡而稀薄，而对于像我这般的女子，再淡漠的爱，只要大于无爱，都足以让我感怀。我想我们是真的成熟，这样地住在一起。我依旧在家里经营文字，接专栏，写长篇，爱慕着寂夜至今。常常通宵熬夜面对电脑残忍地用文字解剖自我抑或他人的内心，以此慰藉寂寥的内在世界。可是对于一个失眠的人来说，没有任何东西可以是安慰。深夜披在肩上的外套，阳台落地窗外的繁华都市夜色绚丽，捧在手心里刚冲的咖啡，触手可及的男人，都是不能够的。我也那样确信着自己爱着朝琰，或许不单单是爱情的爱，我不喜欢同自己气质不相近的人过多来往。

高攀太冒险，屈就很辛苦。神情淡漠，总似与世间有隔膜，因此寡言落寞。这样的朝琰，他的内在与我同在相似的世界，气质相符，所以感到安全，才能如此坦然放心。

看安妮宝贝的《想起来的爱情》。下午茶时间搁在家里书桌边的书，因为经常翻阅已经显得有些旧。来来回回看着这些文字的时候，在家里想着我昼日工作的男人。他与我不同，尽管有着寂寥的内心世界，却依然在世俗社会打拼完美，这些我无法做到的，他可以游刃有余。有时午间直射进的明媚的阳光打在半边脸上，熟悉的文字，忽然让我产生错觉。就这样平淡而互不给对方带来任何不良影响地住在一起，一日二日，一月二月，一年二年。时间如此恢弘，或许生活就可以这样安稳地流淌下去，我波澜不惊。

似乎同那爱他的女子的事情依旧无法摆脱。他已然不小，早该成家立业，父母尤为操心。那年代的家长大都希望自己的儿子能娶到温柔贤惠不失礼仪的优雅女子，上得厅堂下得厨房，能够打理好儿子的生活起居。显然我不能够是这样的人。我自由，散漫，抑郁，生活作息时间不规律，常常连自己都照顾不好，脱离着世俗的圈子，像是被遗弃。

如我这样的女子，在那样的家庭看来只能是浅薄并且缺乏贤淑女性所拥有的基本素养的边缘人物。我似乎不该奢望会有什么发展甚至有何结果。

日子平淡地过去，仿佛什么大事都没有发生。一日周末和朝琰面对面坐在阳台上，小的圆玻璃桌上放了两杯咖啡，于是有了一次比较长时间的对话。天气不算阳光明媚的一天，下午时不时飘来几片阴云，气温开始有些下降。高楼风微醉，我侧身俯首向阳台外的下方望去。周围是片片绿化和活动行走着的邻居，一切平静得很温煦。居住区外有更为喧嚣繁华美丽多彩的都市世界，有纸醉金迷，有各界精英。你伸手兴许可以得到你想要的东西，也许稍不留心松了下手就遗失了许多。就是这样现实的城市。

朝琰转过头认真凝视着我，"岚，你该跟我一直待在一起，这样我们都能感到安全没有压迫感。你该稳定下来一直留在这里，把这里当你自己永久的家一般来看待，而不是为了过度奔波于忙碌的自我工作而跑东跑西，把家只当作一个用来住的地方，饭可以随便混几顿，东西可以随便乱放。岚，你不应该这样。我在这个迷茫的世界里发现你，我们不该走散。"

我没有说话。窗外梧桐无语。

对话结束的第二个月，一切都到了分岔点。我的预感使我明白，兴许真的到了两相离散的时间。

那是一张朝琰的通知，貌似漫不经心地躺在那里。他的总公司上级决定将他从上海分公司部门经理升到新加坡分公司的总经理。这个消息，一面是这个才刚年近而立之年的上海男人更为光明的前程，另一面无疑是宣告了我同他终结的判书。这个男人在我面前永远这般平静。即便是那次大雨中难得的脆弱，亦是小心掩盖得那样完好。

可是他这次终于无法掩饰，红了眼睛抓着我的手，声音依然平稳而不慌乱。还是跟上次一样的一句话。"岚，跟我走。跟我结婚，我带你去新加坡生活。我会照顾好你。"

可是我摇了头。我说："朝琰，你明白，这不现实。"

是的。在须臾间汹涌进脑海的是所有关于这段时间一切的记忆。我的小爱人有规律的作息，自觉地处理好自己所有的事情，照料我的起居，家里的狗狗得到了更好的照料，连阳台上的花都比往日绚烂。然而我们都忽略了，即便内心的世界再相近，依然做不到脱离世俗。在世俗里我们完全不是一个世界的人，无法互相感到稳定与安全。他的工作需要高度的安定，而我不，我需要漂泊，在不同的城市，看不同的风景和人物，满目满心的苍凉过世。

岚。跟我走。

可是我无法跟你走。我相信，有那么一刻，我们深爱过彼此，并且珍惜过。但对我们来说，我们又都是自私的人，希望自己各方面的需求都得到完满。朝琰不可能放弃人生难遇的向上爬的机会，又不想让我从他身边消失，于是等待着我妥协。于我亦是一样，我不想改变自己早已习惯的生活轨迹和注定孤单流落的生活，注定只能沉默着不妥协。都是太自我的人，于是也就无法太平地在一起过完一生。

10 月末的秋季，天气逐渐转凉。长期沉默的抵抗达不成一致。朝琰的行程终于临近紧迫，他的眉眼和面容日益一日地忧伤起来。晚上坐在一起吃饭彼此都只是机械缓慢地咀嚼饭菜，不似平日轻松的言语。在我放下碗准备站起来的时候，对面的朝琰忽然发话了。"岚，为什么要这样，为什么这么倔犟？我只是想有更好的工作更高的薪水，用自己的爱和行动来照顾你，想让你变得温暖而幸福，而不是像现在这个整日作息时间不规律也不太笑的抑郁质女子。"

我握了下他的手柔和地回答他，"因为我生来是抑郁质的女子啊……又如此自我和倔犟。朝琰，有些注定是无法改变的。不要束缚我占有我，束缚和占有最终都是会落空的东西。"

他犹豫着偏转头望着我，眼神里布满忧伤。

我们都在等对方妥协，也许只要有个人退后一步或许我们可以安稳地一起。可惜我们谁都没有。如果有人妥协，那就双双留下；如果没有，那只能双双离散。我们都一样是心灰意冷的人，甚至懦弱。

11月。我只知道朝琰这个月会离去，具体是哪天并不清楚。后来一日，因为太过疲累而早早睡觉休息，早上起来打开自己的房门却没有看见往常朝琰笃定做早饭的身影。我轻轻揉了揉眼睛，然而心里意外的平静，大抵早就预料到和做好了准备，在心里清楚地明白在某日的早晨醒来时会少了一个已经习惯了的人的气味。

桌子上有做好的早饭。边上压着张纸条和一叠钱。是后半年的房租。

他知道我的性格会拒绝，但是他走后，我无法不接受他留下的房租。

他的房间门开着，床铺如平日一般整洁，枕头上还留有他的气味。但所有的衣物都消遁不见。

一切都回到了过去，同朝琰还未出现时的生活一样。

有时深夜想起远在异国的那个体贴的男人，多年没有眼泪的我突然异常心酸，想要落泪。也许我不是对爱麻木，只是没有习惯一个真正爱过的人，所以在碰到一个真的会在意的人时才会为早就预想到的结局而继续伤感。

两个月后我离开上海，因为工作需要继续漂泊到另一个城市。那间承载了我和朝琰所有回忆的房子交还了房东。交还钥匙的时候，我听到自己心里异常寂静的声音，空白得像是停顿在此而不再有去路。

机场的人永远熙熙攘攘，每个人都背负着不同的故事，匆匆路过。

这些都与我无关。似乎流落是我生来的命运，漂泊各个城市，因为工作，因为采风，因为其他的原因。

躯体流落在世俗的路途上，心亦流落在外，难以寻觅到真正能让它停止颠簸的人。在朝琰那里短暂停泊只带来不知其味的伤感。

也许明天，没有谁，陪我走过潮起潮落。也许明天，会有一个人，陪我开始到最后。

这一段段无以言喻的流落，纪念走过的长路最终虚无。

在机场的免税商店看到一只做工精致的马克杯，杯身上漆着一行字：single is simple, double is trouble。

几乎是在一瞬间，想念着朝琰。不知道他过得如何。

但纵使再多的思念与牵挂，也只能继续流落在自己意念的长河里。一切往昔都成了累赘。

只是一个一直走在路上寂寞无言的甚至有丝可悲的心，它提醒着我那些过往已然告终。

散场了。我曾经是哪个角色，说过了些什么，也许不会有一个人记得。

而我和你注定只能流落在海的两岸，任海无限延伸，两两相忘。

隔着我们的这片海。

它的名字，叫做，时光。

作者简介
FEIYANG

周丽晶，网名"影沫"。1992年出生，狮子座。上海市作家协会会员。曾出版作品集《时光纪》。（获第十届新概念作文大赛二等奖，第十二届新概念作文大赛一等奖）

起止点  ◎文/漆慧娟

我说不起再见
哪怕它代表永远
相遇是注定，错误的只是时间

谁看见我们命中牵好的红线
既然没有预见
又怎能说有缘

摩天轮的最高点
不在乎承诺是否实现
只求握紧的手，睁开眼后，仍紧紧相牵

一　易晓瑟

因为不懂得爱的界限，所以无法放下对你的眷恋，而我对你唯一的留恋，却让过去成为永远，无法再现。罂粟哭泣在河边，我等待你的出现。我在你心里留下的锁，让一切回到原点。

步入大学的兴奋被席卷而来的生存问题的困扰覆盖，我尝试着无忧无虑地享受别人为我创造的生活条件，我

也曾试着把自己的命运想得很悲惨，然后做一个在困境中崛起的人，但有个人剥夺了我自卑的权利，用她的青春作为交换。

"姐，我想边工边读，让我去你唱的那家酒吧和你一起打工好吗？"

"不用，你只要好好学习，其他的事情由姐姐帮你办好，你不需要多想啦！快睡吧！"

"但你一天要做好几份工作，我不想你为了我这么累……"

"没关系，姐姐习惯了啊，睡吧，姐明天还要早起呢！"

我的姐姐，为了我放弃念大学，挣钱供我读书，但她只比我大两岁。爸爸妈妈在生我前抱养了姐姐，却在生下我后不久离开了这个世界。姐姐为了我浪费了她的青春，这样真的值得吗？姐姐把我搂在她的怀里，轻轻地抚着我的头，感觉，像妈妈一样。在这黑夜中，只有姐姐的安抚可以让我放下一切的不安。不是母爱的香甜般令人安心，而是罂粟般浓郁得让人陶醉。外面路灯的灯光照进屋子，在白天都显得有些阴暗的屋子竟有了属于它自己的色彩。是那盏灯给了这个屋子生命，那么这个屋子也想过要报答吗？大地披着的这件黑色晚礼服还真不怎么样，它让人们面对不得不面对的自己，因此，夜晚，大多人选择睡觉，闭上眼睛，他们似乎逃开了一切，而梦中，他们终究无法逃避。我呢？这个只有在她的怀里我才可以安然入睡的人，我又该拿什么来尝还？

一天又这样过去了。我将要在姐姐工作的酒吧里做服务员的消息一定会让姐姐吓一跳的。酒吧里的一切都散发着颓靡的味道，我带着刚认识不久的朋友连锦穿过舞池找我姐。连锦是个安静的女孩，和她在一起更显得我很闹腾。连锦一头齐肩短发，在其他女人身上显得很干练的发型到她那却变得很淑女，五官都不算美到极致，但放在一起却也是恰到好处。"姐，介绍一下，这是我朋友，连锦。""连锦，这是我姐，易晓琴。"

连锦脸上露出甜甜的笑，两颗虎牙露在外面，可爱得足以让孙悟空扔掉他的金箍棒。我突然发现暗红色的灯光下，姐姐的笑容那么知性，那么迷人，这么多年来，我从来没注意到我的姐姐竟是这样的美。

高高束起的马尾，大大的眼睛，小小的嘴。我从来没有觉得我用来形容一个人的词语竟是这样匮乏。姐姐把我唤回现实世界："小呆子，又想些什么呢？"

我傻傻地笑着，宋隐川走了过来。"晓琴，你妹妹来了啊！"

"他就是宋隐川，我姐姐同事，弹得一手好吉他，偶尔玩玩键盘，大家都说他长得挺帅的，不过我被他身上那股忧郁劲吓得不行，但他人的确不错，对我姐也挺好的。他好像喜欢我姐，但我姐对他没感觉啦！"宋隐川刚走过来，我就像电子扫描仪一样把关于他的信息向连锦报备。连锦似乎在很认真地听着，盯着宋隐川看，宋隐川向她礼貌性地微笑，她也礼貌性地笑了笑。

"晓瑟，听说你以后在这儿打工，有什么需要帮忙的尽管说啊！"

"好的，谢谢。"姐姐在一旁还没回过神儿，我笑着和她招了招手拉着连锦找了个地方坐了下来。

舞台上，姐姐正坐在那儿唱歌。其实姐姐自己也写歌，但她总说自己写得太烂，不愿意拿出来唱。我仿佛又闻见姐姐身上迷人的气息，姐姐的眼神里，有些许疲惫，更多的是我读不懂的东西，就像宋隐川的忧郁，令人费解却又引人深思。我总以为，她的世界里，我是所有，即使我明白这并不是什么值得骄傲的事，或许这已经成为习惯。而此时安静地唱歌的姐姐，灵魂深处似乎溢出某种倾诉，我试着去理解这种情绪，但却一无所获，这让我不安，甚至狂乱。

"你姐姐真的很漂亮哎，这个地方也很好玩，我以后和你一起来这打工好不好？"连锦发现新大陆似的拉着我的手说道，"你姐姐唱歌也挺好听的。哪天我一定把我哥拉来！"

"我怎么没听你提到你有个哥哥？"

"话题没扯到他啊，我哥比我大三岁，在我们学校念大四，很多女生喜欢他，人气很高的。改天把他带来你们认识认识啊！"连锦一连串地介绍她的亲生哥哥，真好。我突然觉得自己是这样需要美好的亲情，但，我有姐姐就足够了。

连锦迫不及待地拖着她的哥哥去酒吧，她很熟络地和我姐打招呼：
"晓琴姐，这是我哥，连霖。""哥，这就是晓瑟的姐姐，我昨晚回去和
你讲的那个。"姐姐微笑着打了招呼，他长得真的是挺阳光，足以充当
很多女生心目中白马王子的形象。他看我姐姐的眼神中带着些许情愫，
眼波里漾起了涟漪，我甚至可以感觉到他的心脏在非常猛烈地跳动。
这一瞬间，似乎有一阵莫名的风吹过，周围的磁场变了，他们好像也
不仅只受地心引力这一种牵引力了。我的心也突然往下坠，我看着我
的姐姐，她仍是那么平静。不可以，不可以有人把姐姐从我的生活中
抢走，任何人。姐姐是我的，只属于我一个人的。

二　易晓琴

> 烟花散尽，记忆犹新。对你的爱，是无法割舍的深情，
> 但却成为你放不下的忧心。是否捡起满地梧桐叶般的思
> 念，可以让你忘记时间。而你，却看不见弯下腰去的我，
> 泪流满面。

连锦偷偷来找我，要我的号码的同时红着脸要了隐川的号码。我
把号码给了她并笑着答应她绝对不说出去。这个小女孩真的很可爱，
她可以有自己的梦想，自己的追求，可以有愿意为他红着脸要号码的
男孩……而我，需要放弃的太多，需要背负的也太多。偌大的世界，
竟容不下我小小的梦。屋后的梧桐树，静静地站着，或许它的使命是
编写时间留下的故事。梦里，有双清澈的眼睛，那么干净，那么透明，
溢出的是对我的关心与温柔的神情。我追寻，然后惊醒。

隐川仍会很贴心地在我的柜子里放含片，他的付出，我并不是看
不见。那张藏在柜底的卡片，我一直都收着。但，我们似乎更适合做
朋友。也许我已经不懂得什么是爱的感觉了，仿佛我和所有人一样拥
有一双透明的翅膀，但为了生活，我竭力藏起它不让自己飞翔，其他

人努力飞向自己的梦想天堂，而我，在角落数着伤痕累累的翅膀上脱落的白色羽毛。无聊的日子中我浪费了我的青春，那些年华不属于我自己，而如今，我却不敢触碰心底的感情。对我来说，情这个字太重，我早已无力将它托起。

连锦每天跟着隐川跑前跑后，她和晓瑟在一起后的确开朗很多，但这样的她显得更加可爱。而我最近每天下班后总是按时地收到关心的短信。"明天降温了，多穿一些，晚上要记得多带件外套。""感冒好些吗？不行的话就请几天假休息一下。不要把自己累垮了。"简短的语言却给人无限的暖意。虽然不是隐川的号码，但如此无微不至，我想在我身边的人中只有隐川了。他并没有要我回复的意思，我也只是静静地接受这样的关心。或许有些事，不讲明也是一种美。就像灯笼，隔着一层纸带着无限的朦胧美，但如果将这层纸捅破，只是几根无力的竹条和一支满脸泪水的蜡烛。我想等他和连锦的关系再发展一步，这样的短信就会自动消失的。再过几天是晓瑟的生日，也是我的生日。爸妈抱养我的时候没有把我的生日弄清楚，于是就当作和晓瑟一天生日。晓瑟很兴奋地说要过生日，而我，没有什么心情去庆祝一个被"拿来"当作生日的日子，更没有多余的力气去思考我的母难日到底是哪一天。

熟悉的酒吧里，不熟悉的竟是自己作为客人的身份。小小的桌子竟围坐了五个人：连霖、连锦、隐川、晓瑟和我。大家很高兴地为晓瑟庆生，而我因为不想对自己的过去作过多解释，所以让晓瑟一个人过生日，不要在大家面前提起我的生日。隐川建议我唱一首生日快乐歌送给妹妹，我走上小小的舞台，拿起话筒。"祝你生日快乐，祝你生日快乐，祝你生日快乐，祝你生日快乐……"回到位子上时，连霖在看着我，眼神里流露出的是不舍，是无奈，或许是更多我无法了解的东西。我的心猛地一颤，是什么在剧烈地往下沉，就像事先说好时间地点般地陷落，没有任何预兆。但我的理智告诉我，那是错觉，仅此而已。

大家在一起玩到很久才散，我回到家后，晓瑟为我唱生日歌，她玩得很累了，很快就在我旁边睡着了。"今天你开心吗？至少今天是你名义上的生日。"那个号码，我很奇怪隐川怎么会知道这件事。"晓瑟告诉你的吗？其实虽然今天对我来说没什么意义，但大家玩得开心就好。""你总是想着别人，不累吗？"

我不知道今天为什么隐川问这么多，但我的确需要一个朋友，一个可以倾诉的朋友。"累，那种找不到人生方向的感觉像是黑夜中伸出的手，不停地拉扯我，真的很难受。"

"你有想过你的爱情吗？还有你的未来？"

"没有想，也不敢想下去。我必须先照顾好晓瑟。"

"你的妹妹并不是你生命中的全部，如果现在有一个全心全意爱你的人，你会把自己的幸福放入脑海吗？"

我没有想到隐川还会提起这个话题，但关于我的幸福，我真的无法有太多的设想，隐约地，我又看见了那双眼。"隐川，你的心意我都知道，但我们更适合做朋友。很晚了，早点睡吧，明天见。"

今天看见隐川不知道会不会受昨晚那件事的影响，昨晚不该和他说那么多的。我把包放进柜子里，隐川笑着走了过来。"怎么样，昨晚睡得好吗？"

隐川好像并没有放在心上，看来是我想多了。"还好啊，你呢？昨晚那么晚睡，看上去精神不错嘛！"

"没有很晚啊，昨天晚上可能喝高了，刚到家就躺到床上打呼噜了，澡都没来得及洗，呵呵。"我的脸开始发麻，如果隐川说的是真的，那昨天晚上和我发短信的就不是他……我拿起手机，拨通了那个号码。脑海里浮现那双眼，我的心又猛地一颤，按下了挂断键。那个人没有急着告诉我他的身份一定有他的缘故，而我也没有勇气去面对些什么，那么，又何苦去划破美丽的纱呢？

三 连霖

不该轻易对你动心，忘记了当初与时间的约定。烟

花终要消逝，而我，终究不属于这一轮回。你的爱，拉
住我的双脚。可时间，却不愿把我放开。

易晓琴，易晓琴，易晓琴。默念三遍，把这个名字刻在心间，从
此不再挂念。可是，怎样也无法控制自己的思念，只任它如汹涌的波
浪翻涌在我的脑海。我知道，对我来说，爱一个人是一件奢侈的事，可是，
在这尽头，可不可以就自私这么一次？我反复地与时间商量，慢一点，
再慢一点，多一点点时间，让我可以永远地记住那张脸。

在酒吧相遇，就注定沦陷，仿佛我活到现在唯一的目的就是等待
这场邂逅。我矛盾着是否让她看见这样一个我。可是就像小锦说的，
如果我们相爱，注定没有结果。她对于我送去的关心似乎知道又仿佛
不明白，但那天铃声只响了一下就断了，我想她是懂得的。这样的关心，
我不知道可以持续多久，但是我是多么希望它可以一直一直地在，不
会因为我而莫名消逝。用多少年的时间适应死亡的我，却因为一个人
而再次对世界如此留恋。我坐在窗前久久地发呆，小锦拿药进来。"哥，
这几天没什么感觉吧？"

"还好，没什么的。"

"哥，你对晓琴姐的喜欢到了哪一步啊？你们认识不久，应该不会
太深对不对？哥……"

"哥明白你想说什么，但就像你看见宋隐川后一直挂念一样，这不
是用时间的长短来衡量的，就像上辈子留下的毒药，注定般上瘾。哥
和你唯一的不同就是，哥没有那么充裕的时间了。"

"哥，你不要这么说，不会的……"

"小锦，从我一生下来起，爸妈就渐渐接受了这个现实，其实你也
明白只是早晚的事，不是吗？"

"……"

我笑着安慰这个善良的妹妹："不要这个表情啊，我早就决定面对
现实了啊，只是对晓琴的爱，让我真的不舍得就这样离开。"

"哥,告诉晓琴姐,让她知道好不好?说不定晓琴也喜欢你呢?这样你会不会好受一些?"小锦的声音有些哽咽。"我会让她知道,但我宁愿她不喜欢我。好了,你赶紧回去吧,我想一个人待一会儿。"我微笑着推着小锦离开,我不希望这个一直就是事实的事实让小锦再哭一次,我也怕,怕我的情绪影响到小锦。我没有把握可以很好地控制自己,所以我必须一个人躲在房间,不可以再让家人为我伤心。

小锦说邀请晓琴晓瑟来家里做客,家里好久没有热闹过了,兴奋中多了些期待。其实程序大众化,吃饭,聊天。晓琴依旧笑得很开心,但我明白那种笑容不是她心里的。小锦拉晓瑟进房间看她收藏的碟,晓琴和我两人坐在客厅里,气氛变得很微妙。"不要这么坐着啊,要不我带你参观一下?"

"好啊!"要说的太多反而不知该从何说起。房间看得差不多了,最后是我自己的,"你先进去坐,我去拿水果。"

"好。"我坐到床边,想找一些合适的话题和她聊。

"那个,这些天谢谢你的关心,我想我可以在照顾好妹妹的同时想一想我自己的事了,谢谢你的提醒。很多时候我真的丧失了自我。"

我没想到她会突然这么说,但她终于明白了,可是我又该怎么回答?四周又安静了下来,我病态的心脏正以病态的速度狂跳。"是啊,你真的很善良,让人止不住地心疼。我真的希望自己可以为你分担些什么。"我不知道自己怎么说出了这样的话,我怎么可以这么草率,这样会吓到她的。

"呃,其实不是的,我不是那个意思……"

"当然不是啊,我明白的,我们是好朋友啊。谢谢你这么关心我,需要的时候我会找你啊,你到时候可不许逃跑啊。""呵呵,好的好的。"接下来的聊天我们都自然而然地把话题转开了,一场危机终于化解。我真的害怕自己控制不住说了出来,那时候该要怎么办,幸好,不管晓瑟是为了逃避还是真的以为是玩笑,事情过去了。我把我最喜欢的音乐盒送给了她,算作是她的生日礼物。音乐盒里,美丽的天使在跟随着音乐优雅地旋转。天使旋转的舞步里，是我倾泻而出的爱意。晓琴叹着天使多么可爱，而我只是真心地希望在我离开之后，这个天使可以代替我永远地守候在她身边。

　　"连霖，真的谢谢你的关心，我很高兴我又多了一个好朋友。"这是她知道短信的主人后发来的第一条短信，原来她真的已经把我当成了好朋友。真好，就到这里停止吧，不要再继续下去。对晓琴来说，这是最好的，至少，我不会伤害到她。从那以后，我经常一个人去酒吧听晓琴唱歌，我觉得我的时间已经不多了。舞台上，正在唱歌的晓琴神情是那么绝望，那种感觉已经不是没有自我，而是她的灵魂在诉说。若有所指的歌词让我心碎：

　　　　我站在城市的最高点
　　　　看着你如烟花般消失不见
　　　　往事如过眼云烟
　　　　却无法在脑海浮现
　　　　星星逃到银河边
　　　　泪水串成线
　　　　我在心底和你挥手再见
　　　　你带着微笑奢望永远
　　　　没有承诺，没有誓言
　　　　甚至不愿让你知道我心里真正的牵念
　　　　这样的谎言
　　　　只是为了满足你所谓的心愿
　　　　……

　　晓琴坐在那安静地唱着，绝望的眼神中似乎在诉说些什么。她会知道我爱她吗？我真的很矛盾，我想让她知道，更想知道她是否爱我，但是理智告诉我，这样，受伤的是两个人。看到我后，晓琴脸上哀伤的神情顿时消失，露出了淡淡的笑容。我真的希望我可以为她带来快乐，只要一辈子，就这一辈子就好。晓琴身后，宋隐川弹着吉他深情地看着晓琴，我想宋隐川也是很爱很爱晓琴的吧，他同样可以给晓琴无微不至的关怀。小锦所追逐的，是一个心里装着别人的王子。但是没有关系，小锦总会遇见自己的王子的，她有足够的时间等那个人出现。晓琴说这首歌的歌词是她见证了朋友的爱情后有感而发，但这首词又那么像她在告诉我什么。可能我真的是多想了，现在我们经常发短信聊天直至睡着，晓琴真的把我当作她的好朋友，她会和我分享她的喜怒哀乐，而我，心甘情愿地随着她的喜怒哀乐而喜怒哀乐。不知道这样的日子还有多久，我越来越怕自己还没来得及和晓琴说再见就离开，带着我对她的爱。

四　宋隐川

> 遇见你，是命定的劫数。既是命，便只能认命。我甘愿做一个黑暗中的守护者，而你却在放弃光明的同时远离黑暗，我注定无法逃过这一劫。所以，我选择将自己放逐天际。

晓琴的歌声突然变得好忧伤。以前，晓琴的声音里透着孤独与迷惘，而现在，她总是绝望般地唱那首她自己写的歌。连霖喜欢晓琴，连锦和我说过，但不知为什么，连锦说绝对不可以让晓琴知道。连霖很优秀，甚至完美，他完全可以让晓琴幸福。为什么不说出来呢？不知道晓琴有没有看见我在她柜子下面放的卡片，但是我可以感觉到，晓琴只把我当作她的朋友，但她对连霖有一种特殊的情感。我不知道是该冒险去确认她是否看到我的真心，还是该退一步祝福她和连霖。或许我不该冒险，其实我已经默认他们是相爱的这一事实，又何苦为难自己。

今天我通过连锦找了连霖，因为我实在找不到他隐藏自己的理由。

但是我后悔了，因为我从来都没有想过要自己跳进一个如此伤感的旋涡中。就连霖而言，他的病已经剥夺了他说爱的权利，死亡，对于此刻的他而言竟然是这样轻描淡写的一件事。我不知道用什么样的言语来劝他，或者说，劝我自己，让自己相信这个不可思议的现实。他很坦然，我相信他们是爱着对方的，但我没有权利帮晓琴表达什么，更没有权利帮连霖作决定。连霖说他过几天就要住进医院了，让我帮他照顾好晓琴，我不明白这是不是意味着什么。我拒绝了他，我让他有话和晓琴说清楚，不要搞得不明不白的。他只是默默地看着窗外，叹气。他的眼神里不仅仅是对这个世界的不舍和留恋，更多的，是水一般温柔的想念。

今天晚上，晓瑟没有来上班，晓琴破天荒地留下来喝酒。"我该怎么办，该怎么办？隐川，晓瑟说我没有以前那么爱她了，我真的是变了吗？"

"你应该有自己的生活，对于你的妹妹，你所为她做的，已经远远超出了姐姐的职责。你不要这么难过。"

"可是，她拉着我哭，她看到我和连霖发短信，她说我不要她了，怎么解释都没有用。"

"那么，你自己呢？喜欢连霖吗？"

"不知道，但是我会因为他高兴，因为他难过……"

"你知道吗？连霖其实……"我应该告诉她吗？她是喜欢连霖的吧，我想连霖瞒着她就是不希望伤害到她，现在如果让她知道，以后她一定会很难过，我不该插手的。

"既然喜欢他就去告诉他啊。"

"不，我们只是朋友，好朋友，这样就好。"晓琴哭了，泪水就那么一滴一滴地顺着脸颊流下，为了什么而流泪，是晓瑟的胡闹，还是她那颗不敢承认自己情感的心？泪水中含着我无法读懂的绝望，我把晓琴送回家，晓琴绝望的神情和她的泪水交织在一起，让我无法入睡。

连霖的病情更严重了，医院说他的情况可以撑这么久已经是奇迹。

连霖坚持要回家，医院没有阻拦。他告诉我，他现在每天和晓琴发短信，希望他走后，我帮他做这件事。他会告诉晓琴自己去其他城市念研究生，然后我每天帮连霖发短信。他想得似乎很周到，近乎完美。但是一个人的消失，另一个人真的可以代替吗？就像一个人的心里一直深爱着另一个人，会因为那个人的消失而在心里放进其他人吗？晓琴最近经常去连霖家玩，有时我也在，晓琴会笑着拿我和连锦打趣。我知道连锦对我的好，可是这辈子，我的心早已陷入那个泥沼，再也出不来。对于连锦，我一直都不希望给她带来任何伤害。连霖和晓琴说说笑笑，像一对恋爱中的小情侣。连霖从不在晓琴面前流露出悲伤的神情，晓琴也不曾和连霖提及自己的真心。相爱的两个人竟然可以以朋友的身份给予对方关心，我想，他们应该是可以感受到对方的爱意的，我也可以想象到他们在一个人的黑夜中是多么的迷惘与悲伤。

连锦经常拉着我去她家，这个时候，她应该很需要一个人吧。我愿意在她最需要我的时候在她身边帮助她，但还是会尽力让她明白我的想法。那天下午，我去连锦家看望连霖，连霖的脸上已经没有血色，他的爸爸妈妈也已经在准备些什么了。连霖勉强撑起，支开连锦，笑着对我说："我真的快了，只希望你可以照顾好晓琴。我知道让你替我发短信对你来说是一种伤害，但我实在没有其他办法。"

"我懂。其实晓琴她……"

"我知道，我们的感情已经超出了朋友的范围，我已经很满足了，我只想缓一步，让一切不至于那么突然。"

他拿起手机，似乎在和晓琴告别："晓琴，我要去青岛念研究生了，你也知道，我爸爸妈妈在那里，我过去会比较方便。而且我和你说过，我一直很喜欢那里的。"连霖的泪水顺着眼角流下，尽量让自己的声音听上去平静。我悄悄地走出房间，如果可以，我愿意和他交换生命。连锦擦干泪水进去坐在床边，最后的掩饰到底是爱的倾诉还是善意的欺骗？连霖的哽咽，可以让电话那头的晓琴感受到连霖此刻的心情吗？

五　连锦

　　女儿泪，泪轻飞，飞入红尘无人醉，独自捧泪梦千回。
梦里为他笑百媚，他却头不回。一曲情愁无人知，唯有
自相随。

　　哥哥走了。那个下午，哥哥打电话和晓琴姐告别，其实晓琴姐就
在我房间里面。那天我邀晓琴姐和晓瑟来我家玩之前我就已经告诉晓
琴姐我哥哥对她的爱。但我没有告诉晓琴姐哥哥的病情，晓琴姐对我
说那天在我家玩时在哥哥房间看到了病历。晓琴姐也喜欢哥哥，但她
不让我说，她说她有她该做的事。晓琴姐很少表现出伤心，她在我面
前一直都显得很冷静，我不知道是什么样的爱可以让他们超越生死。
但我，仅有的情感就是由衷的羡慕与深切的祝福。哥哥打来电话，"晓
琴，我要去青岛念研究生了，你也知道，我爸爸妈妈在那里，我过去
会比较方便……"

　　"都不早和我说，也可以送送你啊！恭喜你啊，终于可以去自己喜
欢的地方生活了。就这样吧，我现在有点忙，祝你一路顺风。"

　　哥哥在电话那头不知说了什么，晓琴姐就哭了，她的手捂着嘴，
眼眶泛红，泪水顺着脸颊止不住地流下。晓琴姐闭上眼，然后深吸了
一口气，努力让自己微笑，用甜美的声音平静地说："我爱你，一直都是，
不管我们有没有未来，我都不会忘记和你度过的美好时光。我们祝福
彼此吧，你放心，我会照顾好自己的。你也要保重啊。"

　　晓琴姐颤抖着结束了通话，抱着哥哥送她的音乐盒坐在地板上抽
泣。我安慰她。"快过去看看你哥。"晓琴接哽咽着推开我。

　　哥哥躺在病床上笑着，眼里噙着泪："我告诉她了，她说她也爱我，
她不知道这样的告别意味着什么，真好，我终于做到了。"就这样，哥
哥永远地闭上了眼。

　　晓瑟爱晓琴姐，那种爱超越了妹妹对姐姐的依赖。她很矛盾，一

边是姐姐的幸福，一边是自己强烈的占有欲。她被这种复杂的情感折磨得身心俱疲。大家都无暇顾及，只由她胡闹。哥哥的墓前，晓琴姐含着泪微笑着说："我一直都知道，一直都知道，我们是相爱的。谢谢你，是你让我找回了自己。放心，你的爱，没有给我带来伤害，它让我有了生活的目标，我会好好活下去，为了自己，也为了你。然后带着属于我们两个人的精彩回忆，去找你。"晓琴姐哭着，肩微微颤动着。我终于懂得她所谓该做的事，哥哥的爱那么小心翼翼，怕自己自私的情感给晓琴姐带来的是伤害。晓琴姐是懂哥哥的，她从一开始就明白哥哥为什么隐藏自己的爱。晓瑟住进了医院，在去过墓园后，她完全被自己的自私吞噬，晓琴姐的生活又回到原点，围绕着晓瑟转。只是晓琴姐的心里，多了一种舍不下的情感。

隐川走了，带着吉他不辞而别，只留下一张纸片。

连锦：

对不起，我走了。我知道晓琴爱连霖，但从来没有想过爱一个人可以用这样的方式。我终于明白为什么那天晓琴喝酒后哭着说只能让连霖做她的好朋友，晓琴做了一切对连霖来说最好的。原来，爱一个人，拥有并不是全部。爱，可以是成全，可以是流着泪祝愿。

谢谢你一直以来对我的关心和照顾，我的心在经历了这场浩劫后已经没有力气去爱谁。我的爱，在这场超越了一切的爱情中是那么的微不足道，甚至不配说成全。我想离开这个地方，或许流浪才更适合我。连锦，我知道你的心意，但是请原谅，我不配你为我付出这么多，就让我带着对你的祝福离开。你会遇到一个真心疼爱你的人，也请帮我和晓琴说声再见。再见，真心地祝福你。

宋隐川

列车轰隆隆地开始了旅程，隐川，你有你的眷恋，我有我的执著。就让我和命运打这最后一场赌，用我的执著换你的眷恋，唯一的赌注，是时间。列车飞驰，希望你的脚步慢那么一点，这样我们可以早日遇见。

当我成为回忆
过往的一切不再提起
谢谢你在心中哭泣
让听不见的我安心离去

风筝断了线
谁把它看成幸福紧牵
我们的永远
只在梦里实现
……

作者简介
FEIYANG

漆慧娟，女，笔名四玉，1992 年的夏天出生于江苏盐城，快乐的狮子座。崇尚余秋雨的散文风格，欣赏张爱玲的小资情调，希望自己的文字可以给人们带去快乐和希望。(获第十二届新概念作文大赛一等奖)

清河街的日子 ◎文/韦智杰

　　我是安鹄，自由撰稿人，三个月前回到清和街一间简陋的公寓里住下。清和街是老城区最老的街道，高三那年因为离学校近一些我搬到这里住过，可惜在这里并没有给我的学习什么便利，反而给我摆脱家人监视很大的便利，那时候每天花很多时间发呆，在别人努力做题的时候倚着阳台抽烟，看夜色下晚归的人走过清冷寂寞的路灯，更多时候是看着空无一人的街道，看很久很久，楼底躺了一堆灭掉的烟头，然后回去写一些平平淡淡的文字，大把大把地虚度光阴，没有一点高三学生的样子，不停地旷课，并且连高考也一起旷掉了。

　　我从箱子里翻出莫菲的信，它们被我装在一个阿尔卑斯的糖盒子里，金属的盒子，花纹是一片铺过来的阿尔卑斯奶糖和五颜六色的气球。我把这个盒子装在行李里，去过很多地方，经过很多事，走过很长一段时光，它陪着我度过了我的高三我的清河街我的成熟我的变化我的成长，似乎是属于时光那头的东西，被我偷过来纪念一些东西。信我都没有再看过，它们安静地躺在那里，有些信封已经微微发出岁月沉淀的旧黄色。莫菲在一封信里说对我没有高考她一点也不惊讶，这就是我干的事，而且我那种成绩考和不考没什么区别。我想这意思就是说我是个烂人。李莉就是这么说的，她说我是个烂人。

李莉是我那时候的女朋友，是我第一个女朋友也是至今唯一一个女朋友。我追李莉追了很久，她放学总是很晚回家，并且总会从我楼下走过。我就每天在阳台那注视着她，后来她发现我了。她说安鹊你怎么在这啊，我就对她说，进来吧，然后就去开门，然后她就成了我女朋友。

李莉和我不同，她是好学生，每次都是年级前五十。她常常坐在我的椅子上翻我写的文章，抖着那沓厚厚的纸说："看你不务正业，整天写这些没用的，你这个扶不上墙的烂泥，你这个烂人。"然后我就凑到她面前说："是吗？"接下来会对视两秒，然后她会吻住我，我们在这个房间里接吻、拥抱、缠绵，发泄着年少冲动里潜藏着的巨大空虚。李莉的脸蛋贴着我的胸口，呼吸暧昧地扫过我的皮肤，她说："安鹊，跟你这种烂人在一起我常常会害怕知道吗？你是不是玩玩而已？你有没有喜欢我？"这种时候我总是轻轻一笑，揉着她柔软的头发说："你说呢？"

莫菲经常看见李莉走进我房里，但是她从来不说什么，她从来不看我们一眼。莫菲走路不看人也不看路，目光空洞地看着一个固定的角度，如果她的眼睛暗一点，我一定以为她是个盲人。可惜莫菲不是盲人，她的眼睛很大，很亮，却因为常常是那个空洞的眼神所以看起来有些浑浊的感觉。莫菲总是唱歌，在天台对着很远的天空和吹过的风唱。她唱的歌很好听也很怪，我从没有听过，不知道是哪种语言，很空灵的声音，像某种祈祷，又像很冗长的叹息。

莫菲是房东的女儿。房东有三个女儿，莫菲是老三。房东的大女儿在德国留学，交了一个很 punk 的德国男友，怀孕后一个星期 punk 男友弃她而去。从此她彻底成为了一个女 punk，自残，吸毒，没完没了地听摇滚，最后被送回国。闹了一段时间后房东不再理她，随便她怎样，把心思放到了要结婚的二女儿身上。二女儿的丈夫是一个英国人，有高高的鼻子，举止优雅大方，似乎还即将很有钱——等他老爸死掉以后。大女儿并没有给妹妹的婚礼捣乱，还很和气地给他们敬酒，这让二女儿很开心，可惜她没能开心太久，在她怀孕三个月的某个早晨，她打开客房的门，于是看到床上一丝不挂地纠缠在一起的姐姐和自己的丈夫。那个英国男人慌忙地抓起衣服冲出门口，不小心撞到了房东的二女儿，据说她摔倒的时候刚好磕到桌子，总之肚子里的孩子是没有了。而莫菲，也不怎么让可怜的老房东省心。她有一个日本男朋友，男朋友事业有成，温柔体贴，只是，已经三十几岁的日本男朋友和刚刚十九的莫菲站在一起老房东怎么看怎么不舒服。而且有了两个大女儿的前车之鉴，老房东对这些外国佬很有意见。

那时候房东家的三个女儿是清和街茶余饭后必然提及的热门话题，其实也就是那样，大女儿疯疯颠颠，二女儿被姐姐偷了自己的汉子，三女儿为了个日本人闹得正欢，就这三句话而已，街坊们偏偏能说上好几个月。本来我是从没有想过我们两个如此沉默的人会有交集，但是很多事情就是这样莫名其妙，让人意外却顺理成章。

有一次房东不在，莫菲来替他收房租。我开门，莫菲站在门口，第一次和我说话她很简单地说了一句，"房租。"我看看她，我说："进来吧。"然后她就进来了，我问她："你喝什么？我这只有纯净水。"她看着我的桌子说："你平时都在写这些？"我说："是啊，怎么了？"她一边看一边说："我也喜欢写，只是写得不怎么样，所以只好看。"然后她又说："嗯，写得不错。"我说："是吗？"

那天我们聊了很久。年轻人最擅长的是能很快地熟络起来。后来她经常来，我们聊些琐事，聊文字，聊我的女朋友，但是她很少说起她自己的事情，我也不提及。有时候我会说莫菲你唱歌吧，然后她就唱，依旧好听，我依旧没听懂，也许那只是她自己的呢喃罢了，很长的呢喃，她总能唱很久。我女朋友来的时候她会去开门，然后说："不打扰你们快活了，下次再来。"

我跟莫菲成了很好的朋友，也是我那时唯一的朋友。我发现其实她是个很开朗的人，只是在没人的时候，莫菲总是沉默孤单的样子，像墙角那座古老的钟，事不关己地跳动着。莫菲说她很喜欢这口大钟，她一个星期才拖一次地，但是每天都会去擦那口笨钟。我跟莫菲总有很多话说，似乎我们平日里的沉默都在这时候爆发，然后又沉寂下去，继续沉默地走在公寓的走廊上。

我见过莫菲的男朋友。那次我回来，他在沙发上坐着，看见我，点点头算是打招呼。莫菲和她爸爸在争吵，"这是我自己的事情！"我很少听见莫菲那么大声地说话，她有些生气地走出来，看见我，也点点头算是打招呼。

等我再下来的时候那个男人已经不在了。

我在房间里等莫菲，但是那天她没有来敲门。我趴在桌子上，看莫菲给我的稿子，她写的，她说叫我看看，但是我一直放在那里。我突然很想很想看一下，好好地看一下。写的什么我已经不记得了，很细腻的句子，很细腻的故事，有一种细腻的犹疑不决。我走到阳台，侧过头就看见莫菲在楼底唱歌，像看着天空，又像只是在发呆。我拿了件外套爬上楼顶，在天台的门口站了一会儿，又拿着衣服回去了。

那天晚上莫菲来找我。她说："我以为你睡了。"我说："进来吧。"我跟莫菲讲我当初就是莫名其妙地说"进来吧"然后泡到了我的女朋友。莫菲呵了一声。莫菲说她也觉得莫名其妙，怎么那时她只是来收房租的，却进了我房间。我们一起哈哈地笑，笑了一会儿莫菲长长地吹了一口气，她看着地板说："安鹄，他问我愿不愿意跟他回日本。"她抬起头看我，眼眸里像藏了两片深深的湖水，她说："他要回日本了。"

"你答应他了吗？"

"你看呢？"

"……"

"我爸不会答应的。"

"干吗要他答应？"

"安鹄，其实，我爸爸挺可怜的，"她转过头，恢复那个没有焦距的眼神，"我不能像我姐姐那样。"

她说："我不能太自私。"

那天晚上我突然想到我的家人。我是独生子，家里不是高官也不是富豪，常常被夹一块排骨到碗里语重心长地说："要好好读书啊。"其实我家人也很可怜，有我这样的儿子。确实是很难受，我想莫菲要比我难受得多。

那天莫菲来找我的时候，我正在和李莉分手。李莉说："我再问你一次，你不是说真的吧？"

"你说呢？"

"安鹄你不是玩玩而已的吧？"

"你说呢？"

"安鹄你他妈给我说清楚点！你是不是玩我？"

"你说呢？"我微笑地看着有些激动的李莉，"当然，是。"

下一秒她的耳光就扇在我的微笑上，"安鹄，你行！"

莫菲看着擦肩跑过的李莉噔噔地冲下楼梯，又调侃地看着我说："哟，掰了？"

我说："嗯，掰了。"

莫菲啧啧啧地表示鄙夷，"多好的一女孩啊……"我无奈地苦笑一声，扭头看别处。莫菲朝我抬抬下巴，"哎，说说，什么感觉？"

我摸着火辣辣的脸说："挺疼的。这巴掌比我想象的疼多了。"

莫菲啊，那次我真的是挺疼的，真的。

那天莫菲又跟我聊了很多，都是琐事：张家的狗吃了老鼠药，李家的猫吃了被药死的耗子，便利店的店员换了，现在那个不知道是谁。我们都刻意地回避着一些东西，怕一提及就会沉默得很尴尬。后来她看我写的故事，她问我，怎么这么多都没写完？我说我故意的，看着那些还没结尾的故事我就觉得我有事做。莫菲说："那你帮我写一篇小说吧，我想知道一个男人在这种时候是怎么想的。"我说好。然后我又问她："你想知道他怎么想的，自己打个电话问他不就好了。"

莫菲浅笑着摇摇头，悲戚雾一样浮上她的眉眼。

"其实没关系的，有些事做了以后也许你会抱怨会觉得并没有自己想的那么好，可是你不去做的话，错过了，真的会后悔一辈子的。"我掏出手机递到她面前，"呵呵，要是不舍得话费，用我的好了。"

莫菲看着我，不说话。她的眼睛很大，睫毛很长，瞳孔是很纯净的黑色，亮亮的两粒，像陶瓷一般倒映着清冷的光。

"你爸的话，你幸福给他看不就好了吗？"

"我知道你们感情很好，现在还来得及。"

"别让自己后悔。"

"错过了，就没有了。"

那天莫菲给她的男朋友打了长途电话。打了很久，超出我的意料，后来我去交话费的时候总是会不自觉苦笑，早知道就不装大方了。莫菲很开心，跟她的日本男人说了很多很多，就像跟我聊天一样，全是些无关紧要的话。他们就像普通的情侣那样，打情骂俏，好像昨天还见过面。

那天是七夕。我不知道那个日本男人知不知道那天是中国的情人节。在这种日子里，幸福的人会格外的温馨，落单的人会格外落寞。我是落寞的那一半。本来莫菲也是，但是她又回到温馨的那边了，我不忍心看她这样，我也不确定自己这样做对不对，但是我还是把她往那边推了一把。

莫菲把电话还给我的时候说："能问你一个问题吗？"

"什么？"

"你干吗要和李莉分手？"

"我烂嘛，玩而已，没什么的。"我说。

"得了安鹄，说实话，至少给我说个煽情点的假话。"

"我不能耽误人家，她要考大学的，她的未来跟我不同。"那年的秋天冷得有些早，我讲话要努力压抑有些颤抖的喉咙，"像你说的那样，我不能太自私。"

"真的？"

"你说呢？"我微笑着看莫菲。其实这个问题我也不确定，我不确定的时候我总是这样暧昧不清地回答。

后来莫菲去了日本。我看着气急败坏的房东，心想如果让他知道是我煽风点火他会不会让我惨死在他的公寓里。我依旧住在那里，我给莫菲买了圣诞礼物，回来的时候她已经去了日本，没有告诉我，也没有道别。我在我的小房间里，看外面化掉的雪，那年冬天很快，似乎只是一场雪的时间，匆匆地下，又匆匆地融化掉，冬眠般一闭眼一睁眼，有些东西就不一样了。

莫菲叫我写的故事我写了，寄给了莫菲。可能是太认真，我写啊写啊就觉得像在写我自己。故事的主人公最后当然没能在一起，那段话是这么写的：后来我明白了，她也许并不是迟钝得感觉不到，可能是她根本不喜欢你，是的，是这样的，很可能她已经心有所属。不是你。这是很无可奈何的事情，我不想执著地去妄图改变，事实如此，不如顺其自然。

高考其实我去了，在最后一场考完的时候，我看见李莉从里面出来，她家人来接她。她笑得很自信，很开心。我想也许她这么聪明，即使继续跟我耗着也不会对她成绩有多少影响。但是我跟她分手应该还有别的原因。我知道我们是没有结果的，她会上大学，会找一份好工作，会平淡而安稳地过一辈子，而我不一样，我们走不到一起。

而且，也许我真的不爱她了。很可能我已经心有所属。不是李莉。这是很无可奈何的事情，我不想执著地去妄图改变，事实如此，不如顺其自然。

　　我就这么顺其自然地过下去了。

　　我写了很多东西，一开始生活很困难，后来出了点名，生活慢慢有了起色。我又回到清和街的旅馆，房东还在那里。他还认得我，然后跟我感叹很多东西，说老城区最近开发了，这旅馆过一两年也要拆了的。

　　我住在原来的房间。房子依旧老旧，那口老钟没有人去擦，落满了灰尘，钟摆每摆一下都散发着浓郁的回忆味道，走廊踩上去"噔噔"地响，显得很空旷。房间里没有太多变化，或者过太久，哪儿不一样了我也记不起来。我走到阳台，侧过头，楼顶的扶栏很安静，两只鸟在上面跳来跳去，夕阳正好，风微微有些凉。莫菲以前在那里唱歌。我还记得那种感觉，有点忧伤的声音，空灵，像祈祷，像叹息。那个日本人现在在听莫菲唱歌吧，他们一定很幸福，听房东说，莫菲生了三胞胎，老板这么说的时候"嘿嘿"地笑着，我想他应该是看开了，莫菲让他看见了自己很幸福。房东还说，我的那篇故事莫菲说很喜欢，只是结局太伤感，能改一改最好。

　　这是莫菲在信里没有提过的。

　　我说，好，我试试。

　　我拿着笔，想了很多很多种结局，却不知道要这么写。很难改。改不了了。这个结局改不了了，莫菲。

　　我拿着外套最后却不声不响地下了楼，我煽动莫菲跟自己喜欢的人在一起，情人节那天我把她往温馨的那边推了一把，也远远地把她推离我身边。

　　所以这些都是长长的铺垫之后必然发生的事情，莫菲，你说这个故事怎么能改得掉呢？

　　所以我还是保持沉默，什么都没有说。那是莫菲的幸福，我不能

晚安，红舞鞋 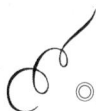 ◎文/徐真然

　　虚荣生根了之后便无法摆脱，只有用惨烈的代价才能使其消亡。

　　在出尽风头的背后是源源不断的愤怒与辛苦，时时刻刻来跳舞。

　　让自大的人看清虚荣的丑态，害怕它，同时净化它，再毁灭它。

　　田野上，草原里，雨阵中，太阳边，持续颤抖着的那双红舞鞋。

一

　　我是卡莲。她是郑树真，我喜欢叫她小红。

　　我看过安徒生写的《红舞鞋》。在我这段艰苦卓绝的晦涩记忆中，我那最好的朋友好比那双破旧仍见艳丽的红舞鞋，一步一步地把我推向虚荣的深渊。

　　但我还是很爱很爱她。无论过去发生过什么，我依然感受得到她在我生命中的特别的重量。现在的我也活得很快乐，曾经我只将快乐局限于一种扭捏的自由。

　　我想那时的我是真的错了。同样的，我亲爱的小红也同样错得离谱。

　　而今天，我敢于将这段如同泛黄的旧信纸般的过去

干涉。就像莫菲说的那样，我不能太自私。

　　我在清和街住下来，这里有我的一些东西。我过着很清闲的日子，写一些平平淡淡的文字，还在写我的第三部长篇，我的稿费很充足，在这样一个作家吃穷的国度我是很幸运的。有时候我还会到阳台抽烟，看路过的人和被路过的灯，往楼下一个一个地丢烟头。偶尔侧过头，恍惚能看见莫菲，她睁着空洞的眼睛，在暮色里轻轻歌唱，那歌很长。

　　很长很长。

作者简介
FEIYANG

　　　韦智杰，1993月1月1日生。生活在一个安静的小镇，梦想四处旅行，跟好玩的乐队住在一起，码字为生。（获第十二届新概念作文大赛一等奖）

了然于白纸黑字之间，证明了我已经真正地走出了那个虚荣、有些小愚昧、可怜而可爱的小卡莲。

每个星光堕落的夜晚，我都会在梦的彼岸遥望着整片星空，然后呢喃着："晚安，郑树真。晚安，我亲爱的小红。"

"晚安，那双所谓的红舞鞋。"

二

远在高二的时候，我时常感觉家里的气氛压抑得惨重。这种气氛让我感到委屈，他们拒绝我做一切除学习以外的事情，将我所有的兴趣都用菜刀噼里啪啦地剁成烂泥。

我仅仅在思念的罅隙里，可以委婉地放进一些曾拥有过的美好希望。比如可以大声放肆地反驳他们的观点，比如可以在半夜里悄悄理好自己的行李然后出门旅行，比如……

终于有一天，我和他们产生了从未有过的冲突。第二天我悄悄用积蓄已久的压岁钱买了两张云南往返上海的火车票。在第三天，我冷静异常地吃完晚饭，帮家里人收拾碗筷，进房门开始复习繁琐的数列，和往常一样做到深夜，接着在我估计他们都睡着的时候前去洗澡，然后换上准备好的衣裤，写好字条，拉上自己的行李反锁出门。

记忆像是一阵凛冽的风如此清晰。我敲醒大门口睡着的出租车司机，在进车的那一瞬间，郑树真出现在我的身旁，同样疲惫不堪的脸孔。

我更清楚地记得，在上海璀璨的夜景中，司机用担忧的目光透过反射镜看着我，郑树真一脸坦然的轻松，而我则因突如其来的自由而流下了难以遏制的兴奋的泪水。

三

有人说云南是云的南方。

大朵大朵厚重的奶白色的云融化在湛蓝色的苍穹里，窜入鼻翼的是毫不造作的凉气。清晨我的脸迎上了云南暖厚亲切的阳光。

本来应该是幸福地流下泪水，可是不知道为什么，我感到一种巨大的恐惧像是骇浪一般涌向我的全身。

郑树真像是看透了我的心虚，坚定地用手握住了我的手。

"这不是你想要的自由吗？"

我看着她的眼睛，没有丝毫的杂质，一缕一缕暖橙色的阳光折射出的是她的严肃。

"你在这里。这是你选择的路啊。"

我想到家里雷霆暴怒的家人，想到班主任在宣布这个消息的时候班里的一片欷歔，想到从此以后我就成为了一个反面角色，想到我也曾在青春年少的时候逐步远行过……

"小红……你说得对。这是我选择的路。"

因为一阵难以言喻的幼稚的叛逆，一段小的微乎其微的虚荣，我迈出了远离原来生活正轨的第一步。

四

"想要逃脱的时候该怎么办呢？"

"你的世界做好足够的准备了吗？"

五

我总觉得自己是一个可以驾驭生活的人，可是事实却是生活在驾驭我们所有人。

面对陌生的云南，我决定先要去西双版纳。在火车站附近的一家旅馆内暂时歇脚，临近中午的时候就在旅馆内解决了中饭，问老板要了地图，却发觉西双版纳离自己过于遥远。而可以换乘的公交少之又少。

郑树真建议我先去附近逛逛。走出旅馆的那一刻我觉得自己的脚步愈发厚重。

带出来的现金只够住三天旅馆。该死，我在想什么？为什么我在出门的时候没有预计好要花多少钱要离开原来的日子多久？

内心深处的想法在一点一点地庞大起来，令我愈发战栗的恐惧也在一点一点毫不含糊地蚕食着我的骨骼。于是我转身回到旅馆，借用旅馆的电话打给学校的同学。

"你在哪儿？"

"我在云南……"

"太爽了吧你？今天模拟考，英语卷子超难的！"

原来他们并不知道我已经到达了云南。原先的优越感因为无人知晓而变成了更为广阔的失落，如同一张漂浮在水上的油膜，碰一下就破。

"我想回来……我……"我已经开始无法停止地哽咽起来。

"回来干吗？你应该做个榜样，在云南自力更生，成功以后——打电话给所有人，让他们赞叹你！你要不停地不停地走下去！亲爱的！我支持你！超越自己……"

没等她说完我就挂断了电话。

内心最底层的想法终于破土而出：其实我根本不支持我自己啊！……我想的只是，能够回家啊……

六

"想要前进的话，随时都可以的吧。"

"活着的意义便是找到真正的自己。"

七

"你想要回去？"火车大厅里，郑树真冷漠着一张脸问我，寒气逼人。

我不知道怎么去回答她，只能选择长时间的沉默。

"来的时候，我们路过田野和草原，我们看过真正的雨和最完美的太阳。这些不是你想要的吗？这种无拘无束的自由，难道不是你长久以来所一直期颐的吗？"

我的血液一点点地沸腾起来。我等待她把所有的话都说完。

"你想过吗？如果今天不这样走下去，你以后就再也没机会得到这样的生活了……"

"小红，"我终究开了口，"你知道《红舞鞋》的故事吗？以前我和你一起看过的。我当时就一直在想，如果那个卡莲靠自己的努力用尽办法，肯定也可以得到一双红舞鞋。只是她为了一时的虚荣，想要不劳而获得到一切别人经过努力才拥有的事物，所以才落得失去双脚的结局。

"小红，现在的我已经不仅名字和她一模一样了，连我的经历都和她一模一样。我为了一时的逃避自我而选择了出走，以为这样的生活就可以和那些经过努力功成名就的人一样，享受旅行的惬意，走出自己繁华的风景。你看，我们错得都一模一样。

"小红，我决定用自己的双手去创造这样的生活。这样的话，就不存在恐惧和慌张，不存在泪水和迷惘。那时的生活充斥着饱和的希望，安稳有序，我要的是那样的生活，而不是现在这种时刻在我心中游荡的忐忑不安。

"我相信我的结局不会像那个卡莲一样，对不对？"

八

我是卡莲。她是郑树真，我喜欢叫她小红。

九

谁是谁并不那么重要，重要的是我选择的正确的方式走在人生这条曲折有趣的大道上。

我认为我现在看的窗外的天空和这世上每一个卡莲所望向的都是同一个。

云朵纯白得像是玻璃杯中的牛奶，闭上眼睛就可以闻到若有若无的香味。我抬头望向这片永恒的彩页，云晕的轮廓勾勒出一个奇怪的形状，好似一双完美的公主舞鞋。

我笑笑，想，这世上没有比这更优美的沉默了。

作者简介
FEIYANG

徐真然，女，笔名手手，1992 年 8 月生于上海，狮子座。思考写出简单却能温暖人心的文字。目前最大的兴趣是系统解剖学。喜欢的作家有龙应台、伍尔芙、落落、七堇年。曾获第 21 届"新纪元"杯作文竞赛一等奖，2008 年上海十佳校园写手"新锐写手"称号。(获第十二届新概念作文大赛一等奖)

第3章

秋凉

像那狗血的童话结局里说的，过着幸福快乐的生活

冬天不死　◎文/叶璇

临近春节这档，从我家窗口望下去，都是些砖红色的鞭炮残渣和抓着那些渣跑得正欢的小崽子们。小崽子们跑过去，爆声也随之而来，烦不胜烦。

家里的老太太戴着老花镜在鼓捣那些锡箔纸，金金银银的，手指就着纸面翻两番就整出一个船一样的玩意儿来。老太太说这叫元宝，除夕那天烧给灶王爷用的。我拈起一个来瞅了瞅，耸耸肩又放回去。老太太继续包元宝，冷不防窗外的小孩又闹腾地点了一个小鞭炮，噼叭炸起来，她哆嗦一下，摇着头继续。我看着我们家小老太太干瘦的背影，心里一酸，搬张小马扎坐到她边上，然后向她虚心求教。

老太太今年快八十了，身子骨还算硬朗，就是眼睛不太好使，每天干点什么事都离不开她那老花镜儿。我拿我的近视镜和她的老花镜摆一起，然后搂着她说咱俩就是一对小四眼，难兄难弟的。户主夫人这个时候回头瞪我，那表情就是说，跟奶奶称兄道弟的死小子你找死。不过我怕啥，老太太护着我呢。

老太太跟我示范了一遍元宝的做法，我拈起一张金色锡箔纸学着她的样子倒腾。倒腾了半天那纸都焉了，又皱又软，像老太太的手但绝对没有我家老太太那样温软。指头上倒是沾了不少亮晶晶的粉末，我扁扁嘴，看着老太太。老太太把我手上那纸拿过去,勉强折好,丢进装元宝的桶里。

对面传来一阵女人的哭声,哭儿子又哭娘的。户主夫人从厨房里探出头来叫我把窗户关严实点,说是这大好过节气氛不能被疯女人破坏了。我应了一声,然后站起来跑去关窗户,期间差点被我那小马扎绊倒,还好我家老太太扶住我。不过也因为这,我关窗的时候老太太的唠叨也顺着我的影子跟过来了,掏掏耳朵,让老太太说去吧。

这个村子建了好些年,最早是某个倒闭的厂子建的职工宿舍。后来厂子倒了,这些楼还留着,房子买买卖卖,陆陆续续有外来户迁到这里,而今最早的那批住户已经寥寥无几。我家就是属于迁入的外来户。三四年前我们家户主工作调任,户主夫人夫唱妇随地同时把我和老太太也一并随了过来,而后就在这里一家团聚安居乐业了。

这幢楼与对面那幢间连着个公共楼梯,上上下下大家都走那,所以间距很小,大概就一辆半横过来放的"二六"自行车那么宽。屋子的格局也是相对而设的,户主夫人炒菜的时候常常也会受到对面油烟的困扰,只能摸着脸照着镜子啧啧地摇头,顾影自怜。我晚上做作业抬头的时候也能眺见对面房间里的景象——如果没拉窗帘的话,通常是个和我们家老太太差不多大的婆婆,似乎神智不太清醒,总是呆呆地看着窗外头——我这边,行动也不太便捷,看上去比老太太要大一点,我估摸着大概要九十了。

而现在,我一面把窗钩子撤掉,一面注视着对面房内那个痛哭流涕的女人。她和她的丈夫在那婆婆的房间里,婆婆不在。女人哭了好一会儿,她的丈夫的嘴里已经吐不出安慰的话了,表情有些不耐烦。我饶有兴致地听了听她的内容,带着本地方言的普通话不太好认,七拼八凑的成果是那婆婆丢了。我心里一抖,跑到房间门口往外瞅,我家老太太好端端地坐在那里呢。户主夫人端着一盘炸年糕从厨房走出来,顺道指责我的工作没有做到位就擅离职守。我看着年糕咽了咽口水,跑回房间抓着窗户边把窗户严实地关上。"嚓。"木框与木框间严丝合缝的声音，女人的丈夫不耐烦地走开，女人还在哭。那就像是场独幕哑剧，观众就是我，现在我也要离席了。

我走到客厅，老太太推推老花镜，抬眼看了看电视，广告中，又低下头去专心折元宝。我坐回小马扎，又瞥了一眼电视屏幕。我就跟老太太灌输琼瑶无爱，现在已经不流行撕心扯肺的《还珠格格》，我们要来点新潮的东西，老了也能再一春的思想。老太太嘿嘿笑了笑，不接我的话。户主夫人利索地从电视柜的抽屉里拿出我那堆东跑西窜搞来的电影碟，说要更个新换个代。我立马跳起来为户主夫人服务去，积极地承担清扫厨房战场的任务。户主夫人自然是欣然同意。

在我拿着钢刷弄掉黏在铁锅上的残渣的时候，大门锁咔咔地响，我们家户主回来了。户主一回来就到厨房看望我，一副慰劳苦力的扒皮地主嘴脸，还假模假样地摸我脑袋，说什么深表同情。我咬牙，我切齿，我跺脚，我刷锅，当是刷户主那颗接近光溜溜的脑袋，我高呼热烈庆贺户主的地中海正走向一望无际的汪洋大海。户主在我旁边大怒，计划并主动落实着殴打未成年人的飓风行动。

户主夫人的英明睿智总是在这种关键时刻体现出来的，她冒出头来把户主叫去贴春联，顺便数叨他不为小家出力干活吃软饭贼香贼香什么的。我刷完锅就躺到沙发上，看着老太太折元宝，老太太看着小燕子蹦来跳去，耳边是户主的诺诺声和户主夫人的数落声，何其爽快。像我们这一家子，户主、户主夫人、老太太和我，平平常常，淡而无味，但总归是道填补空虚生命的大米饭，吃久了就成了传统，成了习惯，成了一辈子都不想放下来的东西。

晚饭的时候我沉重地发表了我的大米饭论，想象中他们应该是热泪盈眶然后扑上来和我抱头痛哭，爱心噗噗地冒，玫瑰花也噌噌地开放。啊，好吧，这是少女漫画。事实是，户主拿筷子的手顿了顿，户主夫人放下汤勺，然后老太太说，阿北啊，我们今天吃火锅呢。一颗热情洋溢的心就此破裂。刺啦——

　　晚上陪老太太出门散步的时候遇上和我们家一起从别区迁过来的贺伯。贺伯看到我就嘿嘿地笑，说几天没见，阿北又长高了，接着又说惠芬那时候孩子没掉的话现在肯定比阿北高。后一句显然是跟老太太说的。老太太嗯嗯啊啊地含混着应过去，温软的手拉着我擦着贺伯的肩走过去。

　　贺伯是老太太让我叫的，背地里我都叫那厮贺老头。老光棍一个。据户主夫人说早些年贺老头喜欢我们家老太太，但是老太太十分明事理地嫁给了我们家老爷子，然后贺老头就嫉妒了，就不甘了，得到我们家什么软就要可劲地捏。"然后"之后的那段话我挺信的，前面我向户主夫人表示怀疑，谁不知道你是跟我们家户主相亲结的婚，早些年你哪在啊。当然这些话我也就心里想想，说出来肯定会被她扯着耳朵环屋跑的。

　　惠芬就是户主夫人的闺名儿。我那个哥哥的事情我还是听说过的，说是那年户主开车送货，户主夫人压着，谁知到后头一脑残非要超车，超到前头还歪七扭八地开来开去，户主满头大汗地躲，没留神开进了沟子里，两个人卡在驾驶室里，差点就没出来。最后人出来了，我哥也这么轻飘飘地走了。

　　我旁边的老太太至今还在为这事揪心，刚才那贺老头一提，我感觉她有些抑郁了。我拍拍她握着我的手，以示我这孙子坚强地站在她旁边支持她。老太太走到道上的椅子边，我扶着她坐下来。她也不知道看着哪里，只是说，阿北，这都是命，我认了。说的时候摸摸手上的佛珠，又站起来继续走。

　　晚上回家后获得户主批准，上网两小时。我嘀咕着嫌弃时间太少，同时手脚麻利地开了主机和显示器，又迅速地拿了个苹果当零食。户主夫人微笑着敲敲客厅桌子，我扭头看她，她说，一个半小时怎么样。我迅速抱住主机，说好俩小时，君子一言，驷马难追。户主夫人嗤之以鼻，我是女子，说完就出门和楼上大婶唠嗑去了。

　　我把头扭回电脑前,和周朝同学开始网聊。周朝同学的确是个女的,我? 我当然是个不折不扣的男子汉。虽然说男未婚女未嫁但我和周朝绝对是一清二白一干二净的,完完全全是隔着千山万水云海裂土的患难兄弟。而今我在这沿海小城市里和和美美地过日子,周朝同学在中部和高考奋战。

　　周朝把她学校上至校长下到剪头发的草坪工抱怨了个遍之后亲切地询问我的近况。我把贺老头的事跟她一说,她在那边立马破口大骂,脏字一个一个从屏幕上蹦出来,看得我心惊肉跳。好在户主在内屋横着看电视,老太太一回来就睡了,否则我估计会被户主一拖鞋拍死还得诈尸去安抚老太太受到惊吓的心灵。

　　周朝说我们这样的孩子不是亲生的但绝对比亲生的要亲得多,看我家现在那样就知道,我父母恨不得捏死那个亲生的姐姐。我说,再怎么样说他们心底里还是爱你姐的。周朝默然了,半晌闷闷地冒字,是,她再怎么烂大街,他们也等她回家呢。我黯然,没和周朝说就下了线,关了电脑。户主懒洋洋的声音传过来,说死小子你也会提早下来,太神奇了吧。我没应他,走到阳台假装很忧伤地吹风看夜景。

　　这片儿阳台看过去都是居民区,这点除了点灯就是黑漆漆一片,没车没霓虹没有美女经过,夜景一点都不好看。我想我比周朝幸运点,户主和户主夫人车祸后就再没怀上孩子,过了几年,在老太太的默许下把我认了回去。然后我的记忆基本就从那里开始了。这事真挺狗血,八点档现在都不播了。阳台的风生冷生冷的,我想我手中其实应该有支烟才够颓废够沧桑,但事实上我不会,摊手。我要是敢抽烟估计户主夫人会把我按在案板上剁了。

　　户主和户主夫人没特别地隐瞒过什么,基本该知道的我都知道。反正如果没他我不知道会被人弄到什么地方去,也没办法长成如今这样一个水灵灵的阳光小子模样。这话跟周朝说的时候她那碎的哟,一座长城都快被碎倒了。不过后来她还是说了正经话的,她说我运气太好,碰上这么一家人。我认真地讲,的确。

周朝问过我小时候的事，说实在的隐隐约约我不记得了。大概是走丢的吧，我一直这么觉得。要不然这些年不会做那么多那样的梦：都是人腿在眼前晃，我迷迷糊糊地走，一溜就走到户主领我走的那家福利院了。当然，也有可能是新闻里罪大恶极的人贩子拐过去的。想起来又怎么样，我觉得随意吧。

被阳台的风吹得有些受不了，我得瑟着回房间，啪啪，关灯睡觉。睡不着，满脑子都是老太太有些凄然的脸。其实她比户主和户主夫人想我哥要想得多。早年她不信佛，哥走了之后她开始信了。每次对着佛龛神神叨叨的时候总少不了要谁谁在底下多照顾我那把所有幸福都给了我的哥哥。

隔壁女人又开始号哭，我叹口气，爬起来关窗。走到窗边才看到那窗已经合上了，我想起来是下午我自个过来关的。看来今晚我必定要枕着这女人的哭声过夜了。躺回去，听女人哭，想我自己。我想我一十七岁男儿居然也在这里多愁善感，日子不还是那么过吗，我、老太太、户主夫人还有户主，像那狗血的童话结局里说的，过着幸福快乐的生活。

第二天起来的时候黑眼圈和眼袋结伴慰问我，我对着镜子龇牙咧嘴了好久才肯定里头那个憔悴又丑陋的男人是我。还好现在放着假，不然得伤多少青春期少女的心。我咧嘴笑笑，保持着精神上的青春靓丽从卫生间走出来。

户主夫人甩给我五块钱让我去楼下买豆浆油条和包子，我一边表示抗议一边慢腾腾地穿衣服。……在看到她的鸡毛掸子的时候我立刻如雄鹰般敏捷地闪出屋去，一出门就被冷风打了个激灵。心里头更是浮想联翩，什么倒在瑟瑟秋风中，衣衫褴褛，面黄肌瘦，惨绝人寰。啊，忘记了，春天已经来了。

提溜着我们一家的食粮上楼的时候和对面的女人打了个照面。她盯着我看了一会儿，垂着头下去了。女人起来后还是打扮过的，头发梳得油光发亮，但精神状态就极度欠佳。昨晚都把我折腾成如今这样，她自己又怎么能好。我从口袋里摸出钥匙，昨天听了一夜，总算听明白了女人在哭什么，惨，真惨，我摇头评价，开门进屋。

一进屋户主夫人就叫了，插着腰说我把冷风带进来。我愤慨，做牛做马还横遭指责，我容易嘛我。一甩头，到厨房把豆浆分杯倒好，一杯恭恭敬敬地给了我家老太太，一杯给了户主，一杯我自个喝了，最后才磨蹭着给了户主夫人。户主明摆着窃笑，户主夫人一边喝一边朝我们爷俩翻白眼。

这天户主的年假已经开始了，我和他一左一右把沙发霸了，老太太还剩一叠元宝没弄完，依旧坐在椅子上，折一个元宝，丢进桶里。除夕那天，全部烧掉，给灶王爷，再给我哥。电视里依然在放还珠格格，我和户主盯着画面闪啊闪，我估摸着他和我一眼都没看进去，倒是老太太时不时地笑两下。户主夫人方才出门购物，临走给我俩布置了任务，不过，谁理呢，嘿嘿。

我用一个极其慵懒的姿势躺在沙发这一段，嘴巴里吐出来的东西却是一本正经。我跟老太太还有户主详细而认真地描述了昨晚那寝食不安的遭遇。我说那女人实在是真惨，儿子六岁的时候丢了，老妈现在也丢了，每天这样白天哭晚上哭，哭不回儿子哭不回老妈。户主也躺着，调侃我，话说阿北你也是六岁的时候领过来的，没准就是她儿子呢。老太太回头啐了户主一口，阿北是我们家孩子，你说胡话，我打断你狗腿。我扑上去蹭老太太的脸，老太太挥挥手，别闹，弄正经东西呢，死小子，口水。

我们家老太太，认真又迷糊，敏感又豁达。
我爱你胜过爱那明月光。

户主夫人回来的时候我和户主已经完全忘记了我们是"身负重任"的家庭成员，只顾横在沙发上侃天侃地，忘情岁月。这样做的结局是我俩抱头鼠窜，狼狈不堪，老太太从来不管这等家庭琐事，继续沉迷于电视剧的风儿沙儿。我一边跑一边责怪户主没有一点大男儿气概，户主说你也不是我女儿呀，你倒是拿出来。我说那是我妈我能怎地，他就东施效颦，她是我老婆我能怎地。啧啧，之前是谁挺着胸说自己不是妻管严的。

教训够了，我俩老老实实被遣派去干活。户主折腾厕所，我擦擦窗户。伸着胳膊擦反面，风飕飕地吹，手冻得红通通的。对面一家冷冷清清，不似我家这般热火朝天。凭我 5.2 的视力我能瞄见屋里头的相框。俩人的，一高一矮，大人和小孩，估摸着那婆婆和走失的小孩。

搬过来这三四年，陪老太太散步的时候碰上过几回。婆婆和老太太的年纪差不多，听说还要年轻点，但头脑不太清明，每次碰上都神神叨叨的。看着我眼睛发亮，我全身发冷地挽紧老太太，她眼里的光又暗了下去。有时候我放学回家，会看见婆婆坐在小区门口，抱着床被子，呆呆地看路过的小孩们。看着她我觉得心疼，但心疼没用处，我只能跟着宝贝我们家老太太，要她成天乐呵呵的。

有一次老太太粥煮多了，就分了几个保温桶让我送邻居喝。我拎着一罐到了对面（之前说过，楼梯是公用的），敲门之后开门的是婆婆，女人和她丈夫都上班去。我说我给你送粥来啦，她一脸迷茫地望着我。我又大声重复一遍，她颤巍巍地转身，不知道有没有听懂我的话。我跟进去，看她没反应，就擅自去她家厨房，盛了一碗，当是给我家老太太弄。从厨房出来的时候婆婆不见了，我四下找了找，没人。神经一跳，别呀，我只是个送粥小弟，怎么就沾上失踪人口案了，冤啊。

郁闷地离开，一出门我就定着不动了，婆婆坐在楼梯口，眼睛发直。我叹口气，拿了粥，找了勺子，坐到婆婆边上，一口一口地喂她。婆婆挺乖，喂她的她都咽下去了。等一碗吃完后我就抱着腿陪她坐那。她的手臂艰难地抬了抬，又放下，不知道想要做什么。听说她那些年为了找孙子，胳膊折了两次，眼下大概能看出来，僵着，不怎么好使。我陪她坐了会儿，觉得外头真是冷，又把她扶进去，安置好，笑嘻嘻地说婆婆再见，接着回家孝顺老太太。

搞不准我还真是她家走失那孙子。

嘻嘻。冷笑话。

我的户主和户主夫人，我叫他们爹娘爸妈 father and mother。

弄完窗户，腰酸背痛，我小声抱怨着关窗户。对面还是安安静静的，像是彻底死了两口人，连剩下的两口都搬家了似的。死寂，没有明天，冬天不死。回头，我们家依旧鸡飞狗跳，户主不知道怎么搞的又惹到户主夫人，哼哼唧唧唯唯诺诺地受训，老太太在洗手，客厅里两大桶纸元宝——胜利成果！

哈哈。

我忍不住笑出声。

除夕这天陪老太太去看一个老朋友，距离我们家大概两站路。老太太心疼钱不想坐公交车，我就威逼她如果不坐公交咱不去了，她才不甘不愿地同意。

等公交的时候瞅见寻人启事，第一眼我就看到婆婆的照片了，抱着被子瑟缩着的样子，让人鼻子一酸。应该是那女人印的，用红笔大大地写"如有线索，定当酬谢 5000 元"。视线往上移，是个六岁男孩的照片，大概是想趁此机会再看看有没有线索。当然那男孩子不是我啦，你当这生命是电视连续剧吗？也有悬赏金额，"定当酬谢 6 万元以上"。

我忍不住笑，6 比 5000 小得多呢。

老太太转过头问我笑什么，我说没什么，俯身抱紧我家老太太。老太太说都这么大了还蹭来蹭去，不害臊。我嘿嘿一笑，啥都不说。

后记

整个故事是为一张寻人启事写的。啊，就是最后那张寻人启事。

在我曾驻足过的车站，确实有那么一张寻人启事，只是启事背后的人生，我没有走进过。

作者简介
FEIYANG

叶璇,女,1993年生,摩羯座。ACM（Animation、Comic、Movie）中心无限期重症患者。太过平庸，无以示人。(获第十二届新概念作文大赛一等奖)

出走后的一个洞 ◎文/丁威

　　母亲离家出走的那天黄昏，天空画满了错乱杂糅的彤云，山坡上的杂草根根直立遥指苍天，仿佛庄严挺立的塔林，大地被涂抹成清一色单调的猪肝的酱紫色。我蹲在墙角将手指伸进墙上的一个洞中试图触及到一些东西。当我的手指艰难地伸入洞中，手指便仿佛长出了眼睛看到了洞的旷大与荒凉，它见不到阳光只有黑暗。我抬头望望天空，天空便瞬间陷入了亘古的长夜。

　　我将手指继续放在洞中感触着吞噬灵魂的黑暗。我用力去想母亲离开时的情景，可是这些场景紊乱地在我的脑海中挥动着巨大的翅膀"呼呼"扇动。母亲的头发长及脚跟，我总是抓住这长发跟着母亲的脚步没命地奔跑。在我的记忆中，母亲只知道奔跑并且大声凄厉地尖叫。这些声音长出了翅膀飞进村庄每个人的耳朵里，村庄里的人便无时不在抱怨母亲的疯狂。她该被杀了。她是个疯狂的女人。也因此，村庄里的人对我母亲怀着深重的仇恨，仇恨她破坏了他们原本安静、平和的生活。

　　由于奔跑，母亲欣长的双腿变得异常强壮。可是，母亲离家出走了，村里的人起先都跑到街道上大呼小叫地疯狂喧嚷。他们每个人的脸上都洋溢着舒心的笑，渐渐地，他们的叫喊变得喑哑，他们也变得无比疲惫，然后，便各自回家休息。

村庄里万家灯火都熄灭，夜空像一面被熏染多年的锅底，你甚至能感觉到沉沉落下来的锅灰，它们在你身边像幽灵一样扑腾腾地落，我觉得我的世界开始倾颓。

我不知道母亲究竟跑到了哪里，我只是知道母亲在出走的前一天跟我说的话。她扎起她的长发眼中满是泪水地对我说，你以后不能再抓住我的长发了，你也不能跟着我跑了，可是，你要记住，我永远都是你的母亲。

母亲的声音嘤嘤地战栗但出奇地温柔，接着她眼中的泪珠滚到我身上黏着我的衣服，渐渐地变成了晶莹的胶体。

可是我抓什么，我的手不能空着，你的头发那么长不抓是一种浪费，我想跟着你一起跑，你能让我像一阵风，我喜欢这种感觉，我想你了怎么办？你不能离开，我要你带我一起走。我说。

你不能跟着我一辈子，你想我了就将手指伸入我们家屋后的一个洞里，那样，你就可以见到我了。母亲说。

我点了点头，天空开始眩晕般地东摇西晃。一团接着一团的球状闪电在地平线的边缘跳动，你会觉得每一个生命随时都会爆炸掉。雷声轰隆隆地不停地在头顶响彻。母亲抱着我向家里跑去，雨点一滴一滴地飘落，我体会着奔跑的短促快感，母亲的奔跑有条不紊迅速异常。到了家，我们的全身竟然没有沾上哪怕一滴水。

你跑得真快，我身上一点雨水都没有，我把衣服撩起来给母亲看。

我不想让你受到任何伤害，你来到这个家，受了太多的苦难，我对不起你，你是个可怜的孩子。说完母亲的眼里又流出大团的晶莹的胶体，大团大团地滴落，她全身开始不住地颤抖。

我抓住母亲的手不住地摇，母亲的指甲镶进我的肉里，我的手背上升起了一弯弯血红的月牙，我并没有眼泪，也不觉得疼，只是，心里像是烧起了一把噬骨的火。

我想用这种方法给你留下我曾经存在的痕迹，母亲说完，夜色开始膨胀，渐渐地天地便胶成一潭化不开的浓稠的黑暗。我睡了过去。

我的手指仍旧插在洞中体会着一些莫名的感觉，我回到了我睡去后的那个梦里。

我要走了，这个村庄开始厌恶我，以前这个村庄是爱我的。现在这个村庄是虚构的，它使一切的存在变得疯狂，表面的正常只是为了掩饰内心的疯狂，他们觉得我是不可理喻的，其实，真正不可理喻的是他们，我走了，你要在村庄里好好活下去。母亲仍旧只是抽噎着。

她的长发随着风飘，风让我抓不住头发。风又托着母亲朝天空里飘去，我只是仰头望着母亲的身影渐渐变小，然后，我的身后聚拢来这个虚构村庄的每个人，他们全都张开了嘴巴仿佛垂死时回光返照般惊诧地望着母亲。

你们都是虚构的，你们都是疯子，你们都是不存在的。我对着村庄里的人大声叫嚣着。

你妈×，你妈再也不会讨饶我们了，她才是疯子，她才不存在了。接着他们开始笑，笑声凄厉而古怪，渐渐地他们变了模样，都是青面獠牙。他们将我围在其中，只是笑，只是笑，只是笑。

我被惊醒了。我坐起来，想起昨晚下了一场雨，母亲抱着我又和我说了很多话。母亲，母亲，母亲。我在屋里喊道，屋内寂静如水。我爬起来跑出去。母亲，母亲，母亲。屋外空旷如野。我这才知道母亲真的是离家出走了。

母亲是在我睡去后出走的。那时，天空满是彤云，大地上氤氲着潮湿的水汽。

太阳出来了，刀锋般的光线刻进每一寸土地和村庄人光滑的脊背里，你看见我母亲了吗？我问着一个人。你母亲，你母亲不总是让你抓着她的头发跑吗，你母亲该杀的，她老是疯狂地叫，让我们不得安生。接着她便恍然大悟似的大声惊呼起来，XXX跑了，以后再也不会有人来讨饶我们了。他大声地叫喊着，声音仿佛一口破裂的古钟埋藏千年后突然被敲响，声音化作一条光滑的银蛇丝溜溜地钻入村庄人的耳中，村庄里的人便潮水般涌动着奔袭而来。

　　他们果然将我团团围住七嘴八舌地说笑。我的脑子里混乱不堪，我挣脱出人群开始没命地奔跑，我承袭了母亲的奔跑速度，风在周围呼啸着退过去，我想我就这样一直奔跑下去，这个世界是不是要停下来？无形的压力只是压迫着我。

　　虚构的村庄、恍若隔世的母亲，还有那个黑暗而神秘的洞，我停止在村庄边缘的空旷野地里，那里盛放着大朵大朵骄傲而艳丽的罂粟。它们火一样地燃烧，我甚至觉得花的火在我心里烧起来，烧着我的艳羡和孤独。我倒在了罂粟丛中，嗅着浓烈的罂粟香味，它们令我眩晕。我开始沉入无边的昏暗里，梦接踵而至。

　　暮色四合。最后一束霞光消退了影踪。仍旧是这片罂粟花地，时间倒回十三年前。罂粟花地里晃动着两个身影，男人在上面一俯一仰，黝黑的脊背上流着汗，大口喘着粗气。女人在下面面若桃花般娇艳地微喘，她就是我的母亲。但却看不清男人的脸。罂粟被折断，汁液沾到我母亲光滑白皙的裸背上。母亲长发飘飞，她歇斯底里地叫起来。母亲和男人同时达到了高潮，一条精虫和一个卵虫在一年后成了我。母亲躺在罂粟花地里面颊绯红，娇喘微微。苍茫的夜色将男人和女人掩埋，像用一块橡皮擦去般只剩下影影绰绰的姿态。

　　手指由于一直保持着插在洞中的姿势开始酸痛，可是，这个洞能带给我过去和真实的梦境。我仍将手指留在洞中。

　　母亲的肚皮像吹胀的气球，男人低头俯在母亲肚皮上听着我的动静。一条脐带连着我和母亲，我吸收母亲的营养。村里有一批木材要放出去，今年选上了我，这次要是能卖上好价钱，孩子以后就能过上好点的日子了，我走了之后，你一个人在家好好地养身子。男人对母亲说。为什么要在我有了你的孩子后，选你去干这么危险的事情，每次放木材出去，都要死好几个人，你跟村长说说，你这次就别去了，我放心不下。男人笑着说，这有了孩子后，要花钱的地方更多了，我不去放木材，多挣点钱，怎么养孩子，我可不想我们的孩子生下来就过苦日子。不是还有下次嘛，等孩子生下来了，我真怕你连孩子都见不到，母亲哭着说。男人抱着母亲，别说傻话，我一直不都是逢凶化吉的嘛，你就放心在家好好养身子，你的身子养好了，就比什么都重要了，这次木材量很大，估计最少也要三个多月，我倒是很担心你在家怎么办，好了，别哭了，小心伤了胎气。

第二天，男人就跟着村里的人出去放木材了。沿着河流搭乘木材一路南下，路上极凶险。随时都可能遇到恶劣天气，还可能会有沿河的匪徒来打劫木材，其实，相较之这些都不算什么，真正让村人担心的是漩涡。如果遇见了漩涡，木材损失大半不说，人也要被漩涡吞没，村人惧怕放木材的原因也就在这，很可能人财两空。不过，也有运气好的时候，那时候，木材能卖上好价钱，整个接下来的一年的生活就会好很多，这也是村人愿意冒着生命危险来放木材的原因。

男人去的前一个月几乎是平静的，除了遭遇一次匪徒的劫掠，损失了几根木材，便一直安然无事。每天最难熬的就是孤独和对家人的思念，这些弥漫在男人的心头，像一枚针悬着，让男人感受到金属生硬的寒气，但就是不刺，每日每日给他精神上的折磨。他甚至都记不清自己多久没有睡觉了，好像记忆里一直都是忙碌和睁着眼想家人，睡眠就像冬日里的阳光一样变得难能可贵。有时候站在木材上顺水漂流，男人总是看见岸上其他家庭携老带少地出门，他就会想自己的妻子和未曾降临的孩子，想他们的此刻，会有怎么样的日子，每日地熬接下来的光阴，而就在他一次走神的思念里，命运的手扼住了男人的喉咙。

那是一个古怪的天气。早上，烈日灼灼地烤着大地，水面上也升起一层又一层薄薄的水汽。岸边的孤独水鸟耷拉着欣长的脖颈躲在树阴里，浑身仿佛裹了一件疲惫的外衣。男人一直站在木材上，望着岸上的一切，因为燥热，岸上显得死气沉沉的样子，目之所及甚至见不到一点人影，耳之所达处也闻不到一点人声，仿佛整个世界都被热烤成水汽蒸发掉了一般。临近黄昏的时候，木排进入了一片很窄的水域，接着一阵幽暗的风从不明的地方旋过来，像一双手挤压着水面，水面开始变形、抽离。男人甚至都没有反应的时间,那阵风的手就抓住了他,连同木排一起被扬到了空中。他在空中翻腾、侧身,死亡的气息慢慢地包住他。他落入水中时,一根木材的尖端刺进了他的心脏,他只是发出了一声撕心裂肺的尖叫,而后就咽了气,甚至都来不及看一眼那根让他死掉的木材,就闭上了眼。而后,风就止了,你甚至会觉得这阵风只是来拿走他的性命,然后,就裹挟着他熄灭的鼻息消失了。

村长派了两个村人把他的尸体送回家了。那天,母亲的心一直被紧紧地揪着,她总觉得有一点什么东西蒙在她眼前,可是,仔细去看时,却并没有什么东西。那天的午后,母亲尖利的声音开始在村里扯起来。她看到男人冷掉了的尸体,半天没有一丝声响,然后,就扯起了这许多年的那种疯狂的叫嚣。从此,母亲就开始疯狂地奔跑、凄厉地尖叫。放木材的人都说,母亲的叫声跟男人临死前的那声尖叫一模一样,那是垂死的叹息。

村人最开始是同情的,渐渐开始厌恶,而后便是痛恨。那凄绝的叫声刺进虚构村庄的每个人的心里,他们说每次听到母亲的尖叫,就感觉自己是在死亡的边缘徘徊,这让他们生不如死。

而后,母亲生下了我。母亲原本流水般的腰肢与婀娜的体态变得臃肿,母亲的青筋条条暴露在四肢上仿佛粗大的蚯蚓,形容枯槁。而母亲的头发在一夜间疯长及地,母亲说男人(父亲)喜欢她的长发。这样母亲便完全变成了一棵枯死的树,每夜每夜这棵树都要哭尽眼泪。多年以后,母亲这棵枯死的树在我长大之后,一夜间神秘地消失在虚构的村庄,只留下一个神奇的洞。

我伸展了紧绷的身体睡在地上,手指仍留在洞中。而这个洞于我越来越有吸引力。

男人被葬了。母亲立在坟前哭肿了眼睛。天黑了母亲回了家。半夜母亲睡不着起身出了门。然后,她就看到了那个墙上的洞。那个洞中闪烁着幽幽的光,像一双孩子的惊恐眼睛。母亲走到墙边,洞中突然闪耀出一阵强光,而后,一个身影仿佛幽灵一样从洞中飘出来。母亲定睛看着那个身影，然后，光一点一点淡下去，母亲终于看清了那个身影的脸，那个人就是父亲。母亲哭着去抱他，可是，却什么都触不到，他只是一个虚空不存在的幻影。

这也许就是宿命，我终是不能亲眼看自己孩子，不能抱抱自己的孩子，可是，你要好好活下去，照顾好我们的孩子，也苦了你一个人。男人的声音里装了很多的哭声，因而显得很冷寂，有一种死灰的感觉。

母亲战栗着双肩不住地抽噎，哭声沉闷地从喉咙里散出来。

我死的时候心里一直想着你和孩子，所以，我的灵魂没有消散掉，这个洞可以让我们找到彼此，孩子以后也可以从这个洞里看见那些曾经的日子，他（她）也会知道父母是爱他（她）的，他（她）更要好好地活下去，等他（她）长大了，这个世界会告诉他（她）。而后，父亲的身影慢慢淡下去。母亲伸手往虚空里抓了一把，可是，什么都没有抓住，母亲又止不住地哭起来。

几个月后，母亲生下了我，母亲从此便带着我一直奔跑，她认为这样很多事情就会淡忘掉，时间也会更快地流逝。母亲渐渐老去，而我渐渐长大，那个洞一直安静地存在。

我睁开眼望着那个洞，手指仍留在洞中，我甚至开始迷恋这种感觉。

十二年后，母亲离家出走，她的奔跑那样迅疾，消失得那样彻底。我望着这个洞眼泪不住地流，我失去了父亲，然后又失去了母亲。这个虚构村庄的人们也以一种仇恨的眼光看我，仿佛要把我从这个世界上狠狠地抹去一般，这个洞能给我带来过去存在的一切，但是，它给我未来吗？

我的手指仍然插在洞中，体会着洞里每一丝微小的变动。太阳陨落，霞光映红了天。那个洞又在黑暗中显出神秘的脸。

洞中又散出耀眼的光来，而后，从洞中飘出了两个身影，那是母亲和父亲的身影。我大声喊着母亲。母亲笑着说，这是你的父亲。我第一次喊出了父亲这个词，甚至有一股很温暖的气息在胸腔里流动起来。

这个世界现在只剩你一个人了，你要学着去面对，我们不是好父母，我们不能给你温暖和庇护，我希望你好好活下去，自己为自己撑起一片天，我们会期待着你勇敢地往下走，我们会在另一个世界看着你，父亲望着我，我甚至从他的眼里看到了整个世界的样子。

我会好好活下去，我对他们说。母亲微笑望着我，而后，光就慢慢地暗了下去，他们的身影消失了。我伸直了洞中的手指探向洞的深处，我知道，我能找到我要的未来的。

一阵玻璃杯杯狠命摔碎的声响透过房门刺入我的耳朵，我从梦中惊醒了。而后，我从桌子上爬起来，浑身酸痛四肢麻木。我睁开朦胧的睡眼穿过镜片看了下墙上的时钟：凌晨二点四十。

父母的房间里传来争吵的声响。父亲说，要不行，就他妈离婚，我是过够了。母亲说，离就离，你以为我想过这种日子吗？

我听着眼泪就止不住地往下掉。

时钟慢慢地走着，滴滴答答，而这夜，依然漆黑坚如冰。

作者简介
FEIYANG

丁威，喜欢安静看书晒太阳的日子。志向颇高，天分不足。想学铁头哥认真练笔，却懒于提笔。矛盾、敏感、脆弱、失眠、瞎琢磨构成生活的全部。希望写出好点的小说给朋友看，渴望美好的爱情。作品见于《萌芽》等杂志。（获第十二届新概念作文大赛一等奖）

织女　◎文／杨鑫

　　妈妈念完高中就分配了，在一家染织厂做织布工，每日绕着织布机转七八个小时。外婆年轻时也在那个工厂，不过做的是纺纱工。我大半个童年也在此度过。那里藏着我细碎的光阴。

　　我的童年算得上是"轰轰烈烈"的了。每每想及童年，耳畔总会耳鸣般响起染织场车间巨大的噪音。如果哪天二炮收女兵，那里准会集体报名。车间门有三层，相当于手枪的消音器。内层门酷似冷冻厂仓库门的里层的帘子。门看上去是两条军用棉被拼成的，长长地拖着地，想西式婚纱长长的尾巴。一掀开它，巨大的噪音像冲溃了坝的洪水直把人往外推。进了车间，就算外面狂轰滥炸地动山摇你也浑然不知了。

　　幼年进入车间的震撼十几年后仍旧历历在目。机器足足高出我两倍，浩浩荡荡地挤满了整个视野，哐当哐当的比王婆娘教训输了钱的朱二还吓人。那种感觉是日后在上海仰望林立的摩天大厦都无法比拟的。那些庞然大物使我完全傻了眼，噪音像个脾气暴躁的男人，用两只强劲有力的手死死拽住我细瘦的胳膊，猛摇不止。加之妈妈的"忠告"——机器不能碰，手碰到会绞断在里面，我便愈加畏惧了。于是我总是吃力地在两台机器正中央搬一只椅子，惴惴不安地坐着。我的双臂紧紧夹着，背略微弯着，手无所适从地悬在胸口，像一只小白鼠。

有时我会突然特别害怕，大声喊妈妈。可我喊不过身旁轰隆的怪兽。有时候我把喉咙喊哑了妈妈也听不见。我只好拼命地哭，眼泪纵横的。我望着妈妈匆匆的背影，身子紧缩着，仿佛动一下就会被齿轮吃掉似的。

有时候妈妈的手被机器挡住了，我便担心起来。三五分钟都看不到妈妈的手时我便忍不住哭起来。我以为妈妈的手被机器绞断了。

通常等到妈妈注意到我时我已经没力气再哭了，愁眉苦脸地坐着。妈妈抱起我，我的手便死死拽住妈妈的工作服，脸紧贴着妈妈的脸。

不是很忙时妈妈会抱着我去和别的女工问好，叫我跟阿姨飞吻。就像饭后懒得拿毛巾，直接用手擦掉污渍似的，我把右手在唇上一抹，而后把手心翻过去，在眼前吃力地举一两秒。女工的笑声被机器吃掉了，但我能看到她们扬起的嘴角，自己也乐不可支了。

我记得一个女工特别喜欢我，我不记得她姓什么了，只记得当时称呼她娟娟阿姨。她抱我时很舒服。她通常用左臂托着我的大腿，右臂扶着我的后背，想像抱起一个睡着婴儿的褓袱。我至今忘不了娟娟阿姨长长的马尾、柔软的身体和身上香喷喷的雪花膏味道。

幼年我寸步不离母亲，洗澡也多是在厂里的女浴室洗的。有时爸爸带我去男浴室洗澡，我哭闹得不行，总以为爸爸会把我扔进深深的浴池里——那样我会淹死。还是女浴室的构造让我觉得安全——中间是放置浴具的石凳，旁边是两排莲蓬头。妈妈一直乐意把我带进女浴室，直到一次我童言无忌地问妈妈我长成大人之后自己会不会也变成女人的模样。

当我大了一些时，我不再害怕男浴室的大池子了，也不再害怕车间里的庞然大物了。关于手被绞断的"忠告"也对我不起作用了。我像一只得意的小雄鸡，又如脚上装了轮子似的在车间里跑来跑去。一儿会跑到胖阿姨那里让她帮忙剥橘子皮，一会儿跑到娟娟阿姨身边往她口袋里塞一把瓜子。

　　有时我在娟娟阿姨的机床旁搬一张椅子，独自嗑着瓜子。娟娟阿姨会不时蹲在我面前给我做个鬼脸。有一次，她用食指把鼻子往上推，另一只手扮成一只猪耳朵。正当我咯咯笑时，她突然收起了滑稽的表情，拱了一下唇，示意我向后看。我转过头，妈妈正双手插腰站着，冲我瞪着眼，那眼珠让人觉得是上了弹弓的石子。

　　我赶忙站起来，将瓜子壳放进娟娟阿姨的手心（她已经习惯性地把手掬起来打算接了）。而后，我跑去把剩下的瓜子放进妈妈的工作服里，蹒跚地抱起椅子乖乖跟着妈妈走。我回头看一眼娟娟阿姨，她笑弯了腰——她一定觉得我抱着椅子走路的模样像怀了十个月的孕妇。

　　之后，妈妈在自己的机床旁边把椅子放好，在地上铺几张报纸让我吐壳，最后抓一把瓜子放进我的兜里。她把抓着瓜子的手伸进我的兜里时离我那般近，细碎的头发碰到了我的脸，那时我会忍不住亲妈妈一口。我看到妈妈脸上浮出的笑意，也许那时候我根本无法体会那个表情背后的东西，然而幼小的我依旧开心极了。

　　妈妈一般不会把一把瓜子都给我，她自己手上会留一点。过一会儿，她会把一撮嗑好的瓜子仁给我。我总是一把捂入嘴里，美滋滋的。

　　娟娟阿姨有个女儿，我不记得她的名字，连彼时的模样也记不清了（她现在已经长成亭亭玉立的大姑娘了）。那时我大概不大喜欢她，甚至有些怕她。女工们闹着玩，私定了我们的娃娃亲。

　　我比她大几个月，个子却比她矮一点。女工们怂恿着她叫我"小老公"，让我叫她"小老婆"。后来我憋红了脸和机器比着喊了一声"小老婆"。大家都笑得前仰后合。我们当然不会知道"小老婆"另外的意思。我以为他们在笑我滑稽的样子，于是哭了。后来大家说我不该哭，该哭的是那位小老婆，我便打了胜仗似的张口大笑。小老婆像是受到了奇耻大辱，哭得一把鼻涕一把眼泪的。后来娟娟阿姨不许我那么叫她，让我改口叫大老婆。胖阿姨便在一边打趣道："那二老婆呢？"那铅球一样的声音在轰隆的机器的封锁下砸了出来，顿时激起了第二波笑浪。大老婆哭得更厉害了。我倒怜香惜玉似的不去傻笑了，拉着大老婆的袖子跑出了车间。大老婆木然地瞧着我，咯咯笑了。那声音在车窗外面像银铃一样清脆。我也咯咯笑了。

后来大老婆果真越长越大，相比之下小老公也越长越小了。上一年级时大老婆已经高出了我半个头。她扎着和娟娟阿姨一样的马尾，身上也有雪花膏的香味，可当时我觉得她难看极了。她总是欺负我，要么扯下我的帽子让我满世界追，要么逼着我一动不动让她在头上扎小辫，要么直接把我按在纺纱车间的绵堆上刮我的鼻子。武力反抗是不行的——有一次我动用了牙齿被妈妈拍了屁股。我只好使出杀手锏，像唐僧念紧箍咒一样唱着："大老婆，二老婆，还有一个小老婆，都不是好老婆。"每次都能急得她大哭一场。

有时我会得意地笑。可当她哭得厉害的时候，自己也会感同身受似的向她挪近，亲吻她，以此安慰她。不久我们又会和好如初。不久她又会变本加厉地欺负我。

我快到十岁的时候，车间里一下子来了一批女学徒工。那时我白白胖胖的，更惹人喜爱了。也正是那段时间，车间里换了一批保养工（修理机床的），一概是血气方刚的小伙子。我这才意识到车间里男性的存在。

那时候我不懂什么打情骂俏，一见女学徒工和男保养工打仗准会去帮忙。尽管平时保养工给我买了不少手枪和汽车，可战时我依旧坚定不移地支持女性——要么扯保养工的裤腿，要么朝保养工扔瓜子壳。有时候我会被他们拎到高高的柜子上，我在柜子上急得要命，大喊"住手！住手！"显然他们没把我当回事儿，我只好哇哇地哭。这时候，漂亮的女工就像一个大英雄似的把我救下来，又抱又亲。我开心极了，早忘了刚刚发生的事。

仿佛是一夜之间，我与那个温馨的、澄清的大家庭分开了。我去面对一群崭新的人——崭新的男人和女人。男人当然与我熟悉的女工处处不同，可女人竟也完全是另一副模样。小学的女班主任待人接物一概是一脸凶相，她的眼睛除了睡觉时眯成一条线外便一律是倒三角形的；她说话总是吼，要是在车间里，机器的声音一准会反被她吃掉。

对于这个世界，我突然产生了一种陌生感。

我日复一日往返于学校和家庭之间，路过宁树路、菜市场、平房区。路常年处于修缮状态，工程队换了一批有一批，不换的是坑坑洼洼的路面；菜市场里人来人往，讨价还价用的是讨命还命的分贝；平房区的晾衣绳上今天挂着打补丁的内衣，明天挂着破了洞的裤头，可麻将哗哗的撞击声始终如一。王婆娘和朱二的武戏日日上映，洗头房门口裸露的下水沟夜夜流淌。

旧城改造让这座苏北小县城变了样，却也无非是把戏台搬进了新建的公寓、崭新的菜市场。后来，戏台又被搬进了每个人心里。

不久染织场也随着改革浪潮被私人老板买断了，很多人下岗了。母亲在数百里外继续织布，供养这个家（父亲查出肝炎，已经病退）。

高一的暑假我在母亲工作的地方度过。那是南通的一座小镇，名字叫观音山。由于技术革新，机床的噪音远没有过去的大了。那声音哼哼唧唧的，像是孵蛋的鸡。机床也见不到齿轮了，不会担心手被绞断。我仍像儿时一样在母亲工作的六台机床旁边搬一张长凳坐下。妈妈给我找了一个足够高的木桶，一个比我大不了几岁的女工给我找了一块木板。两样东西凑在一起便是一张桌子了。我时而做作业，时而看着母亲埋头找线头，心里有种说不出的滋味。我仿佛看到了儿时在偌大的车间里无忧无虑地乱跑的样子。有时，我会忍不住前去摘掉落在母亲头上的棉絮，蓦地发现母亲头上的几缕华发。这时候，母亲像个孩子一样啵地亲了我一口，而后傻傻地笑着。我竟莫名其妙地想哭了。

工厂在农村，伙食很差。六七个人围着一张桌子，盘子里一清二白。即使有肉也是亮晃晃地冒着油，叫人作呕。在家里备受冷落的辣椒油此时却成了人见人爱的宝贝，连米饭都是硬邦邦的，难以下咽。大概是因为我的到来，母亲格外卖力地吃给我看。她大口大口地吞咽——不是饥饿，而是像喝中药似的往胃里填。吃完饭后，母亲像个孩子一样搂着我，说："妈妈吃的比你多哦！你们一个老东西一个小东西还说我在外面不好好吃饭……"我的鼻子又是一阵酸楚。

妈妈说晚上和我一起睡，我说不好意思了。妈妈有些失望。

妈妈和一个叫做菲菲的女工挤一张床，给我腾出一张。蚊帐破了几个洞，但是——被补好，留下几个包子嘴形状的缝口。晚上常有蟑螂在文章外面爬，总有甲虫在狭窄的卧室里横冲直撞，当当作响。

我醒来时菲菲正在给我的手机上贴一些装饰。

"喜不喜欢呀？"她把装饰好的手机背面给我看。几颗透明的珠光五角星胶体别致地躺在手机上，就像她此刻绽放的笑容。母亲让我叫她姐姐，理由是她不过长我两岁；她却偏要我叫她阿姨，理由是和母亲同事。我折中叫她小阿姨。她很活泼，让我想起了对我做鬼脸的娟娟阿姨。

此后在南通的日子，小阿姨成了我最好的朋友。

十天之后，我离开这个吃不香喝不辣睡不实的地方竟产生了某种迷恋的情绪。临别时，我与母亲和小阿姨拥抱。

胖阿姨在那次浪潮中也下了岗，和丈夫在一家浴城门口榨起了甘蔗汁。一次偶然遇到我，她不住地惊讶都："都这么大了！真么这么大了呀？"临别时，她死活把一大袋子甘蔗让我带走。

我们家和娟娟阿姨一直是有来往的。娟娟阿姨下岗后在江浙轻纺城租了个铺位卖箱包。生意做得很好，小家庭也收拾得妥妥帖帖。那个"大老婆"个儿当然已经没有我高了，她不再扎马尾辫，整齐的刘海，精致的面庞，甜甜的嘴巴——谁也不会相信她曾经是个专门欺压小男生的大魔女的。

大一暑假，我和大老婆一起去看了一场电影，也拥有了初吻。那时候，她已经不上学了，在小学门口摆了一个烧烤摊。

再次遇到大老婆时是在大二的五一长假，我们全家应邀参加她和一个陌生男子的婚礼。那天天气不大好，不是下雨就是下雾。记不清了。

作者简介
FEIYANG

　　杨鑫，1992 年出生，现就读于江苏省东台中学理科强化班。(获第十届新概念作文大赛二等奖，第十二届新概念作文大赛一等奖)

大车弹花 ◎文/辛晓阳

　　忘记了是第几次转进小巷子的时候，骤然发觉突兀的墙壁上多了一块大大的招牌：大车弹花，左走五十米。

　　于是在这之后每次回家时，总是条件反射似的远远盯住这个大大的牌子，最初的一个小点在眼底慢慢放大，放大到一个小小的痕印闪烁出些许的形状，放大到一片红底闪现出四个触黑的大字。等到连上面一行小小的地址都刻映在眼底的时候，家就到了。

　　忘了第几次和暗夜中独步返家的自己玩这个可笑又幼稚的游戏时，终于对那个已经有些熟悉的招牌浮现出一丝浅浅的好奇，于是停下脚步，站在对岸的街角呆呆地看着那四个黑得深沉的大字。月光洒在上面，留下一道不起眼的暗黄，倒是照亮了招牌下黝黑的密密麻麻的草，在黑夜中摇曳着单薄的身子，让人浮想联翩。

　　那块醒目的牌子在日益流淌的时光中变成了一个特别而重要的标志。前来相亲的男人穿着从地摊上淘来的西装安静地等候在牌子前，时间长了，连自己也有些倦怠，翻找着有些掉线的口袋，从深处摸索出一包廉价的香烟。昏黄的路灯下瞬时燃烧起一阵飘渺的雾气，反转着，升腾着，似乎要点燃白昼。孤独的烟头静静地躺在脚下，吸吮它们的人已经站不住了，犹豫了好久终于小心地按住油光发亮的皮鞋蹲在了路边的石基上。废弃的烟嘴已经盖住了一片小小的水泥板，等候的伊人依旧未见踪影。末了，终于放弃，起身，拍拍西装上婆娑的尘迹，留下一个孤独落寞的背影刻在那个大大的牌子上，不知道究竟留给谁，更不知道有谁会去注意。

骤然想到，也许未来还会有个弥漫着昏黄月色的暗夜，有一个穿着廉价西装的男人安静地守护在这里，等着一个写在未来的女人，然后潇洒地踩着一双擦得油光发亮的皮鞋，幸福地宣布彻底告别单身。亦或许，又是无用的等待，换取一个孤独的背影和落寞的刻痕。

大车弹花，他会永久地记住这块牌子吧！在这块接近地标价值的招牌前，他用刻骨铭心的失落记住了这个独自等待的夜晚。没有人懂的苦涩。

牌子前偶尔也会聚集着三三两两染着头发戴着耳钉打扮前卫的男女，站在这里笑着，骂着，脚上踢踏的帆布鞋一下一下地撞着石阶，然后在路人一脸鄙夷和一片哗然中把划在脚底的石头一脚踢远。巷子里有一家网吧，正是他们日夜消遣和栖息之地，偶尔网吧关了门，便成群成片地聚集在这里。几个染着红头发的男生靠在牌子上，嘴里叼着绵灭的烟火，整个青春和桀骜都随着蒸腾的雾气一并上扬，勾勒出一个个让人费解的形状；女孩子们大都穿着铅笔裤，上身穿着休闲前卫的衣服，毫不掩饰细腻的身段和姣好的脸颊。睫毛似乎都电过似的卷曲成夸张的形状，眼影在眼眶周围恣肆地氤氲出一块块斑斓的痕迹，一双戴着美瞳的大眼睛眨巴眨巴，简直让人销魂。

白天的时候，卖菜的小贩争相把破旧的三轮车停在牌子前面，"大车弹花"四个字甚至在市场般的喧闹之中挂上了粘着泥土的菠菜叶。买完菜的老奶奶们坐在矮矮的石阶上，把满满的菜篮子搁在脚边，脸上已经挂起了些许明灭的汗珠。一阵歇息，一阵家长里短，一阵炫耀叹息，把手按在篮子上借着一股巧劲颤颤巍巍地站起，提起硕大的篮子逶迤地消失。

大车弹花，从它浮现在人们眼底那一刻便肩载起无数的使命，在它前面守护等待驻足相望的人络绎不绝，戏剧悲剧闹剧笑剧时有发生，日益成为巷子里外唠嗑时绵长且唯一的话题。

当"低息借款"等滑稽的字样以越来越高的频率出现在那片红底上时，我开始怀疑是否真的会有人因为这块招牌而带着一大车一大车的棉花往巷子里走五十米去寻找一个窄窄的工作间。我曾为此而和好友打赌，我总有一种直觉这个坊间一定很小，但是好朋友说既然挂出了那么惹目的招牌，想必也小不到哪里去。我们的筹码是一根棒棒糖，而结果是谁都没有为了一根五毛钱的棒棒糖专门跑去寻觅那个小小的或者大大的作坊，只是在偶尔争执起来的时候互相嘘一句：呵，多愚蠢的赌注！

终于在一个昏昏沉沉的下午，有一辆掉漆的三轮车拉着一大车有些发黄的棉花钻进了巷子，往左走了五十米，拐个弯消失了。好奇心好像被谁用粗粗的暗线一寸寸挑起，最终占据了整个略显疲惫的心室。我顺着那辆三轮车消失的方向，一步一步往巷陌的深处寻觅着。天空猝不及防地飘下几滴微弱的浮丝，已经是春天了，雨下得总是那么委委屈屈不尽人意。心情霎时有些低落，像是被天上黑压压的云层生硬地抹上了一层黑色，疲惫得让人提不起兴致。

大车弹花，请右转二十米。

是在跟人开玩笑吗？我冷冷地笑了，像是刻意跳进上帝无聊的圈套，鬼使神差地右转，二十米。

一个大大的破败的院子倒映在视网膜上，我暗暗地想如果错把这里当成人贩子的交易场所其实也一点儿不为过。院子里停满了大大小小的车子，大多是自行车，也有几辆脏得不成样子的摩托车，还有一辆三轮车孤独地躺在墙角，我认出来，是刚才消失在街角的那辆。

走进屋去，满目的棉花霎时飞扬在浅浅的脑膜里，像是童话故事里浪漫唯美的布景。但是无奈现实和理想是有一定差距的，有些发黄的棉花出现的瞬间粉碎了我徜徉的梦。而且我不得不插一句，也许在出来时，我得花上重金去买一根棒棒糖了，因为直觉难得短路，连我自己都不敢相信小小的巷子里居然隐藏着一个如此大的作坊。大大的纺花车间里稀稀落落站着几个人，一个女人正抱着一包棉花在一码锈迹斑斑的台秤上称重，两个男人熟练地打着套，动作快且麻利，甚至有几分武打明星的神气。除此之外，有一个年级和我相仿的男孩子在车间后安静地读着一本书，伴随着车间里时断时续的轰鸣，我不由地佩服起他的用功。

女人看到了我，敏感地问："你不是来弹棉花的吧？"

我摇摇头，看了一下自己简单的穿着打扮，应该不至于像卫生局或是什么什么政府单位的勤查人员。

女人明显不太友好，话语里渗透着些许的挑衅，提醒我的冒然闯入打扰了他们的工作，那种架势让我严重怀疑这里不仅弹棉花，还做兜售白粉之类的不正当交易。正当我想张口为自己辩解时，车间后一直沉默不语的男孩走过来拉住我的胳膊，淡淡地说了句："别找事，这我同学。"话毕便将我从女人面前拉开，女人撇了撇嘴，小声嘟囔了句什么，也没有再说话。

男孩把我拉到他看书的位置上便不再说话，重新拿起书安静地看着。我侧过头看了看封面，是英国作家艾米丽·勃朗特的《呼啸山庄》，全英文版。我心里暗暗佩服起他来，不是因为他在我语塞时帮我解了围，而是他在轰隆隆的车间里翻译英文的姿态和精神着实让我佩服。

我坐下来，透过天窗看着窗外，依旧是黑压压的云，不动声色地在天空中变幻着狰狞的表情。末了，我扭过头看了看身边这个沉默的男孩子，短短的头发，黝黑的皮肤，一件单薄的衬衫贴在瘦骨嶙峋的身子上，脚踩着一双小学时代的足球鞋。这样的搭配在这个鲜花盛开小鸟争鸣的季节着实有些滑稽，我不由自主地笑出声来，他诧异地转过身，以一种极其不解和鄙夷的眼神看了我一眼，我意识到自己的失态，连忙坐直了身子，不再作声。

"哎，你家住哪里啊？怎么之前都没见过你啊？"

"后面。"

"这个车间后面？"

"嗯。"

他显然不愿多说话，我识趣地打住，站起身来准备离开，他抬头看了我一眼，同样站起了身，拉住我的胳膊，就像拉我过来时一样往门外走。走到那个女人身旁时，她停下手中的活，耷拉着鄙夷的脸，用不知名的方言骂了句什么，我也不确定是骂，只是从男孩骤然深索的眉头中读出一定不是什么好话。男孩没有理她，我更没有理的必要，何必跟一个低素质的乡下人过不去。如此安慰自己，后来想想竟有些可笑。

"你来这里干吗？"

"哦，就巷口那边有一块大招牌嘛！看得多了就好奇了。"

"这有什么好奇的？"

"你叫什么名字啊？"

"怎么突然问起名字了？"

男孩古怪的性格甚至到了有些刁钻的地步，让我的心情瞬间变得比天空还要灰暗。男孩走在前面，恢复到沉默不语的状态。我们就这样一前一后尴尬地走着，霎时看到门口用小得可怜的木板写着"大车弹花"。我撇撇嘴，暗骂自己没事找事，同时又对眼前的男孩多了几分好奇。

好奇心永远是可以置人于死地的蜜糖，甜得人心里发慌。

"我叫豆子。"

突如其来的一句话着实把我吓了一跳。我没有回应，默声地走着，走过了向左的二十米，又走过了向右的五十米。

到了巷口，他停住脚步，跟我摆了摆手就往回走。正在我嘟囔着没礼貌的时候，他又折回来，我诧异地看着他，踱步到那个大大的招牌前，用指甲一点点抠掉新贴上去的"祥和搬家公司"的小广告。

"下次如果看到了，帮忙清理一下，谢了。"

他回头对我说，毕了留给我一个上扬的弧度，我有些惊愕，惊愕他居然也会笑，更加惊愕他笑起来居然那么好看。

我必须要说，我不是花痴，只是发自内心地认为。

第二天空气中明显多了种春的温润，走出幽深碧绿的小区，淡淡地漫步在绵长的巷中。转身，抬头，一个熟悉的背影以一种平稳的频率向反方向走着。

"豆子！"

我大叫。

他转过头，冲我摆了摆手，我跑过去，看到他脸上狰狞着没有来得及蒸发的汗珠。一个皮已经掉了大半的篮球匍匐在他的右手臂间，上面深深浅浅的颜色跳跃着挣扎着，弥漫在柳絮有些盎然的风景中，构成了一幅对比鲜明的画卷。

"干吗，还想去我家啊？"

有些顽皮的语气，让我一下子将昨天的苦闷通通释然。好像无意中有什么东西牵引着，我点点头。尔毕，意识到了什么，又坚定地摇了摇头。接着豆子笑了，很开心的发自内心的那种笑，笑得我觉得旁边的柳芽都飞舞了。

"豆子，我们一起去对面的快餐店吃汉堡好不好，我请你。"

"不用，我请你吧。"

无所谓，只要豆子肯陪我去，谁请谁都无所谓。

我暗暗想，什么时候，竟然为了一个谋过一面的男生如此在意。是他在一片嘈杂间专心致志读书的表情？是对他译读全英文本无法缅怀的佩服？是他认真地除去招牌上小广告时的坦然？是他离去时挂在嘴角纯真的微笑？亦或是他说"不用，我请你吧"时干净利落的语气？

我不知道，恐怕谁都不知道。

豆子坐在我对面，眼神在小小的快餐店里来回扫荡着，充溢着些许茫然和微微的无所适从。后来我才知道这是豆子第一次来这种地方，豆子平时只吃面条，西红柿鸡蛋面。

我问豆子吃什么，豆子犹豫了好久，盯着对台上面挂着的菜单，呢喃着你吃什么我吃什么。我站起身，径直向柜台走去，豆子一脸茫然地看着我，傻傻地问了句："没有人来点餐吗？"

如果是别人在这种场合对我说出这种比玩笑还愚蠢的话，我会毫不犹豫地回击："不要再装了！"但是我没有，对豆子，我回答："没有。"声音轻轻的，飘渺在我和豆子之间窄窄的空气里，甚至有一些微微的自责，不该把豆子带来这种他不熟悉的地方的。

汉堡端来后豆子执意要把钱塞给我，我无奈，只好笑着说："没事，就当你欠我一顿，什么时候请我吃顿面条就行了。"豆子不好意思地笑了笑，把一直伸着的手收了回去，刚打完篮球的手臂黑黑的，抓着一把散乱的零钱，有五块，有一块，有五毛。不知怎么的，看到这般情景，我不忍心接下他一直停留在半空中挣扎着的手，更不忍心断言拒绝他单纯的举动，只是固执地认为如果我接下那把钱，会良心不安。可是不安些什么，我完全不知道。

豆子看着汉堡，显然有些不知所措。他低着头，像个做错事的孩子，直到我把大半个汉堡都送进嘴里，他才恍然大悟似的笑了笑，用手尴尬地抓了抓头发，小心翼翼地吃起来。样子有些笨笨的、傻傻的，可是却很真，真到让人有种翻泪的冲动。

我咬着可乐吸管，看着豆子腼腆的吃相，情不自禁地笑了。豆子抬起头看了我一眼，也"嘿嘿嘿"笑了几声，有些含蓄，透着些女孩子一样的娇羞。

"对了，那天你在我们家见那女人……"

"哦，就是很凶的那个啊？"

"嗯，其实她平时也不怎么凶的，只不过是不太友好罢了。尤其是对我，还有和我年纪相仿的孩子。"

"她是你妈啊？"

"不是……唉，也算是吧……"

"继母吗？"

这句话脱口而出的坦然把我自己也吓了一跳，连忙解释道："我不是……"

他沉默了好一会儿，就像窗外静止的浮云般默然。末了，他深吸一口气，像是做好慷慨赴义的临行准备一般，幽幽地说道：

"我妈很早就走了，跟一个男人跑了。她来到我们家，我爸总是对她拳打脚踢，后来她终于因为无法忍受我爸的残暴离开家，再嫁。"

我静默地听着,脑子中不断浮现着那个女人阴冷的表情。"然后呢？为什么又……"

"你想问我为什么又和她生活在一起对吧！她自己本来有儿子的，在一所重点高中读书。在她第二次再嫁之后，嫌课业压力太大自杀了。其实还有一个原因，那小子在学校追着一个女生，挺好看的，女生嫌他家没钱，所以……"

我睁大了眼睛，瞳孔瞬间放大折射出金灿灿的光线，射得我眼底酸酸涩涩的。窗外阳光霎时穿过大大的玻璃窗，在豆子黝黑的脸上氤氲出一个个变形的残痕。不可置信，彼时的我完全找不到更好的四个字来标榜此刻的心情。

"怀疑是吗？"

"不，是太不真实了。"

豆子笑了，嘴角挂起一丝有些自嘲的轻蔑。他盯着我，倔犟的表情狠狠地刻在棱角分明的面颊上。似乎从来没有见过这样的人用这样的表情轻描淡写着一个虚幻得让人犹疑的故事，骤然觉得眼前朴实的豆子是那样陌生，就像是招牌前那些穿着前卫的网吧少年一样。

深深的距离感。阳光射得我快要窒息。

"她儿子死了之后她就变了，以前也是个温柔能干的人呢！现在温柔没了，就剩能干。偏偏老天爷又在这个节骨眼上和我们家开了个天大的玩笑，我爸在一次醉酒归家时让车撞到了天堂。然后她就借着管我的名义回来了，还有她现在的男人。他们看上的，也不过就是那家作坊，我爸留给我的唯一的东西。"

他说这一切的时候很平静，就像在讲着别人的故事一样释然。很奇怪，我居然也就相信了，完全没理由地相信了。就像一场隐隐作祟的赌注，唯一的筹码就是豆子那张黝黑质朴的脸，尽管那张脸上挂满辛酸和不屑，甚至…有些邪恶的笑容。

"你……现在在哪里上学啊？"

"早就没在上了。只是自己在家随便翻一翻，我后妈说了，男孩子学那么多有什么用，找女朋友的时候人家看的还不是你的钱！"

豆子将最后四分之一个汉堡潇洒地塞进嘴里，淡然地看着窗外。为什么从他澄澈的表情上我看不到一丝丝的难过或是悲哀？他应该是很爱念书的，可是居然这么容易就服从了所谓命运的安排，还是，从他那个小兄弟的身上，他真的彻底接受了"读书无用论"。

我不知道，只是觉得从那个纯真的浅浅的表情中，我读不出一点属于这个年纪孩子特有的单纯，相反，有些落寞，甚至有些淡淡的邪恶。

回去的时候走过巷口，豆子在那个大大的招牌前站住，盯着上面满布的小广告，眉头锁成了一个大大的疙瘩。他犹豫了一下，径直走开了，我站在后面就着阳光的尾线看着豆子消瘦的背影，一时间竟不知所措。

思索了三秒之后，我默默地走向招牌，一点点撕掉那些让人无奈的小广告。纸很小，却出奇地难撕，我甚至怀疑那些让人鄙弃的贴小广告的人是不是动用了强大的502。指尖在招牌上划着，摩挲出一道火辣辣的疼痛。

终于，我放弃了，赌气似的在上面踹了一脚，头也不回地转身离开。我躲在矮屋后面，看着豆子缓缓转过身子，折回到大大的招牌前，盯着大大的黑黑的脚印愣了好一会儿。

我知道他会难受，但是不然难受的就是我。

有一瞬间的自责，幻化在初春飘飞的花蕊中，淡淡的茗发着浅浅的悲伤，替我，也替豆子。我从来没想过这样一个外表羸弱的男孩子居然有过如此不同寻常的经历。

豆子看到了角落里的我，表情凝重地走过来："你以后，不用再做这些了。"

"为什么？"

"撕也是白撕，没有人会注意的。"

"可是很多人都对这个招牌很在意，比如说……"

"比如说你。"

豆子麻利地打断了我，重新露出慷慨就义般的表情，让我有了一丝微微的陌生感。眼前这个 16 岁的大男生，黝黑黝黑的皮肤，洁白透明的牙齿，单薄消瘦的身躯，还有，威严冷漠的表情。豆子是多变的，我不得不承认，他没有我想象中那么单纯。

"你看完那本《呼啸山庄》后，可不可以借给我？"

我找不到更好的话题来破解此刻弥天的尴尬。

"现在就可以。"

豆子转身，示意我跟在他身后，往里走五十米，然后右转二十米。那里是一个大大的棉花套作坊，也是豆子的家。

那个凶巴巴的女人正独自坐在小板凳上晒着太阳，金灿灿的光线在她深凹的鱼尾纹上慢慢下陷，最终构成一个反光镜似的弧度。她眯着眼睛，很陶醉的样子，甚至没有注意到我们的到来。

"妈。"豆子喊了一声，语气冰冷得像在喊一个陌生人，甚至是一个逝者。

"嗯，面条在锅里，自己热热去。"

"我昨天看到你买肉了。"

"那是给你叔叔吃的，他最近身体不太好。"

女人说罢重新闭上眼睛，尔后又睁开，诧异地打量着豆子身边的我，像是从未见到过我一般。

"又是你！"

显然她还记得我。又，又是，又是你。

我微笑着点点头："阿姨好。"

她重新眯上眼睛，露出鄙夷的神色。豆子的额角骤然冒出一丝青筋，拉过我的胳膊绕过她进了屋。

"以后不用跟她客气。"

"可是她是你妈……"

"她不是！"

豆子歇斯底里的咆哮仿佛惊雷一样深深种扎在我的心底，瞬间引燃了那道关于恐惧的敏感神经。我张着嘴，感受着水晶划过眼角的温度，流经的皮肤涩涩的，在太阳光的狂射下闪得生疼。豆子也吓坏了，不知道是因为我的反应，还是他自己突如其来的失控的情绪。

"对不起。"

豆子丢下简简单单的三个字便掀开帘子进了里屋，我茫然地跟上去，像是一个做错事的孩子。这正是豆子的房间，只有六平米，里面除了一张硬板床，一张缝纫机，几乎一贫如洗。

豆子说，他本来不住这间的，后妈回来后给安排的；豆子还说，缝纫机是妈妈留下来的，爸爸生前经常摸着上面掉漆的痕印沉默良久。

豆子，豆子，他究竟还隐藏着多少故事，我无法度量，更无从知晓。

之后的很多天里豆子就像人间蒸发了一样不见踪影，巷口"大车弹花"的招牌已经被小广告贴得面目全非。我抱着那本豆子借我的全英译版《呼啸山庄》，悄悄造访了右转二十米豆子清寒的家，那个刻薄的女人正皱着眉头与人讲着价钱，说着说着就飞出了脏话。我小心翼翼地从门口往里张望着，一个陌生的男人走出来，把我挡在了门口。

"找谁？小姑娘。"

"豆子。"

"他不在。"

"请问您知道他去哪了吗？"

"谁知道他死哪里去了，一个月没回来了。"

……

我紧紧抱着怀里的书，像是豆子留下的遗物一般，警惕地盯着眼前的男人。他看着我，突然哈哈笑了起来："小姑娘，来还书啊？给我就可以了。"

我后退了两步，死死地抱着。

"我要亲手还给豆子。"

"那，这本书恐怕要在你那里待一辈子了。"

"什么意思？"

男人没有回我，径直走向了院子角落的小房间里，那是豆子家简易的厕所。

我呆呆地在院子里站了许久，终于拿着书离开了。我注意到那个尖酸的女人炽热的眼神正盯着我的背影，瓜子皮从她下颌里一个接一个地飞出，就像是电影里没接受过教育的农村妇女一般，嘴里还嘟囔着什么，我没听清。

可是豆子却是真真切切地消失了。已经到了晚春，空气中弥漫着奇特的味道，挑逗着冬去后有些麻木的嗅感。柳枝全部换成一眼浓彻的绿，飘散在淡蓝色的天际中，霞光万影，景色让人醉迷。

日渐忙碌地学习，我几乎忘记了豆子，偶尔看到桌角豆子借我的那本有些荡灰的书页，才陡然想起豆子曾经作为一个挺重要的人从我的生命力莞尔而过。他纯真的笑、不羁的笑、邪恶的笑……等等，邪恶。

学校里近期一直沸腾着一件诡异的传闻，好像某个女生被人接二连三地恐吓。刚听到的时候我本能地一颤，因为竟然联想到了豆子。我自慰似的佩服着自己的想象能力，同时心底又泛起一丝不安。黑得掉渣的皮肤，邪恶放荡的浅笑，消瘦单薄的身影……一切的一切，都让我不由自主地认为，这件事情多多少少和豆子脱不了干系。

事实证明，我是正确的。

豆子出现在学校的那个下午，整个校园都悄声隐蔽在一片不安的静谧中。那个女生的班级前并没有料想的那样挤满了人，一切都像往常一样安静而有秩序地进行着，没有人察觉到任何的异常。

豆子出现的时候女生正在补妆，霎时间粉扑掉在了地上，揉碎细嫩的粉底在空中飞扬出一道好看的形状。班里几乎没人注意到女生的变化，照例做着自己的事情。安静斑白的自习课，没人会为了某个不学习的女生无意间掉了一只粉扑而投去问询或是鄙夷的目光，甚至是本能的一瞥。

但是，粉扑掉了，不是无意间。

豆子走进来跳到讲台上，女生的脸已经变成了惶恐至极的青灰色。她拼命地摇着头，整个桌子上有序的书本在她扭动的瞬间撒了一地。

"哗"的一声巨响终于使整个教室不再淡然，不知所措的同学们看着失去理智的豆子，愣了几秒种后争先恐后地往门外挤。女生夹杂在人群中间，大口大口地喘着粗气，刚刚饰上的粉底被哈气晕染得不成样子。被豆子一脚踹翻的桌子在前排无声地躺着，豆子轻蔑地笑了一下，随即从前门冲了出去，在嘈乱的人群中一把抓住女生纤细的胳臂。

女生的眼睛里闪烁着无法言喻的紧张和恐惧，透射出来的无助快要把整个地球一并燃烧。"啪"一声脆响截断了人群短促的呼吸，女孩无可置信地捂住右脸，惊恐的表情把周围的同学吓得不敢做声。警告似的一巴掌过后，豆子掐起女孩子的衣领，生拉硬拽逃出了人们的视线。

很意外，据说豆子带着女孩离开的过程中竟然没有遇到老师的干阻，所有人都在屏息中忘记了处理意外事件的正确流程，眼睁睁看着豆子消瘦的背影渐渐化成远方一个渺远的点，尔后完全消失。

发生这一切的时候我没有在场，几个女生班级的好友用极度夸张的演出告诉我这一切时，我瞬间忘记了地球自转的方向，只是骤然冲出教室，趴在门口栏杆上大口大口地呼吸，强烈的反应把她们都吓了一跳。

"哎，你还好吧！怎么吓成这样，其实也没那么夸张啦，是我们……"

"没事，我还好。只是想到了一个好朋友。"

想到的那个好朋友，就是整个事件的当事人，豆子。

再后来女生被遣送回学校，脸上多了几道煞人的血痕，在盛夏毒辣的阳光下分外惹眼。周围的人大都是抱着一种同情而悲哀的眼神审视着这个可怜的女孩。我没有，因为我认得她，就是豆子口中，那个为了钱甩掉他后妈儿子的女孩，就是那个让他后妈唯一的希望断然消却的女孩。

可怜的女孩，邪恶的豆子，我怎么都无法将这两个人很好地结合在一起，我无法确信，甚至在事情发生的当天我连豆子渺远的背影都没看到。

我始终无法让自己相信，豆子居然会用这么决绝的手段报复，可是豆子到底是为了什么，我不相信他和那个后娘带来的小兄弟有如此深厚的感情，可以让他为了一个死人如此残暴甚至是如此血腥。

借着还书的名义，我又一次拐进了那个大院，弹棉花的机器发出轰隆隆的响声，在燥热的夏季显得分外沉闷。走到门口，我犹豫了，好像很期待见到豆子，把书还给他，问他究竟为何要那样做；同时又有一种莫名的恐惧，害怕见到那个残暴陌生的豆子。

豆子在。

他坐在我第一次见他的破沙发上，把头深深埋在臂弯里，像是在忍受一种极其痛苦的酷刑。女人站在他身边，两手抱在胸前，脸上竟挂着一丝让人猜不透的像是担心一样的表情。我一只脚踏进去，上次出现的陌生男人同样把我挡在了屋外。

"找豆子吗？"

"嗯。"

"他不在。"

"胡说，我都看见他了，在里面坐着呢。"

男人无奈地摇了摇头，把我放了进去。我小心绕过称棉花的台秤，一步一步悄悄地挪向那个看起来很受伤的身影，像是在靠近一件极其具有价值的工艺品。女人循着脚步抬头，看到了我有些纠结的脸，居然笑道："呦，这可算来了。我们家豆子等你很久了呢。"

她笑着，笑得谄媚，笑得我恶心。

豆子抬起头，平静地看着我，纯真的表情挂在脸上，就像我第一次看到他时那样。我犹豫了一下，递过书："喏，给你。我看完了，谢谢你。"

他笑了，笑得纯真，笑得可爱，不带一丝杂质，把窗外闹心的蝉鸣都溶解在淡淡的笑容里。

"可不可以，再陪我去吃一次汉堡？"

我点了点头，他犹豫了一下，起身，往外走。屋内的女人见状，连忙冲过去，讨好似的递过一百块钱，表情夸张到让人想吐："来，孩子，拿着，想吃什么就买，钱不够回来问我要。"

我跟在豆子身后，沉默地走着。二十米，然后是五十米。

到巷口的时候，豆子本能地停下脚步，扭过身子看了看突兀的招牌，上面干干净净，连一个小广告都没有。他笑了笑，笑得让人心里不安。

这次是豆子买的餐，从点过餐到端过来到一口一口送进嘴里，俨然一个熟手。我拿起可乐，用牙齿摇着吸管，沉重地吸着，豆子看着我，一下子笑出声来。我不解地抬头，他已端端正正地坐好，不等我问便倏地开口，扫去了我挂在眉头的大大的问号。

"我和我后娘吵架了，我后娘现在的老公差点把我打住院。我跟他打赌，敢去学校把那个害那小子郁闷而死的女生弄死，她轻蔑地笑了。可是世界上没什么事比轻视更让我鄙视，以整个作坊为筹码，我玩了一个大大的赌注。我相信后面的东西你都知道了。她把我从派出所接出来，突然发疯似的对我好，她说要把对自己儿子的寄托全部转栽在我身上，我不想理她，她也不嚷我，只是继续这样拼命地讨好我。谁知道是为了什么。"

豆子说着，竟有些感慨的意味。一阵云，骤然而来的一阵细细密密的水花——夏天的天气总是这么让人猝不及防。

豆子悠然地盯着窗外的水滴，在下落的瞬间砸出一个又一个深深浅浅的凹痕。

"现在这样挺好的，如果她真是愿意好好对我，我愿意给她养老送终。还有她现在的老公。"

豆子说这一切的时候很平静，就像我第一次见他那般淡然。

后来，豆子成为了我的同学。据说他只提了一句想上学，就被继母左求右求塞进了这所重点中学。豆子很聪明，功课赶得很快，偶尔家长会的时候，还能看到那个刻薄的女人挂着质朴的微笑坐在豆子的座位上，一脸满足。

再去豆子家时，女人和男人的态度都明显转变了许多。男人看到我，依然开玩笑似的把我堵在门口，问："找我儿子啊？"话语里的坦然在出口的瞬间显露无疑。

豆子原本的房间空了下来，他爸妈在二楼给他加盖了一个大大的房间，买了崭新的学习桌，安了空调，铺了地板，甚至还有一个迷你的篮球架，上面搁着一个帅气的篮球。门后面一个显眼的位置，放着那台他生母留下的缝纫机。豆子说他爸妈说了，不管那女人当初为何离家而去，都给了他生命，他不能忘本。

不知何时开始，在巷子里穿梭的满载棉花的三轮车越来越多，巷口那个大大的招牌变成了一个竖在街口的告示牌，上面涂了很亮的漆，谁都不忍心往上面贴小广告。豆子总是在课余时间提着水桶去擦它，一遍又一遍，擦得干干净净，远远地便突显着四个硕大的字，在黑夜中分外耀眼：

大车弹花。

作者简介
FEIYANG

　　辛晓阳，女，光荣诞生于 1993 年 7 月，拥有和盛夏一样热情开朗的性格和对文字近乎偏执的热爱。笔名辛北，因生长于北方而得名。喜欢各地特色小吃，喜欢明朗的夏天，喜欢在暗夜用文字承载成长的重量。文章少许见诸报刊。(获第十二届新概念作文大赛一等奖)

秋凉 ◎文/夏克勋

　　　人永远是一群被内心的遗憾和憧憬所
　　奴役的生物，夹在生命的单行道上，走不远，
　　也回不去。

一　父亲

　　二哥就要结婚了。她看见父亲神色黯然地望着窗户上贴满大而耀眼的喜字，干巴巴地抽着旱烟，间或发出一两声冗长的叹息。父亲已经老了，在迅速成长的飞逝流景之中她似乎听到皱纹如久旱无雨的大地一般在他额头上缓缓裂开的声音。

　　她在堂屋摆好碗筷，远远地就听到了大哥铿锵有力的响亮脚步声，看见父亲好似抓住救命稻草一般扑上来："爸，说啥也不能让老二结婚，他结了婚我们一家住哪儿？再说，哪有兄弟越过大哥先结婚的道理。"父亲从满是裂痕的嘴唇上拿开烟嘴，混合着一声长叹吐出一口浓烈的烟雾。

　　她看着只与大哥胸口一般高的父亲佝偻着背很费劲地站起来，挽起的裤脚还留有昨天在地里干活时顺带的泥点，裸露的小腿呈现出褐色的褶皱皮肤，上面布满曲张暴突的静脉，脚趾的骨节如树根一样盘根凸起，整个人好似冬日里落尽树叶的枝干，因耗尽了一整个夏天的

葱郁和繁盛，在十月萧杀的寒风中摇摆不定。

父亲没有说什么，转身走进了堂屋。大哥对父亲的希冀很快便因吃饭的塞窣声响而彻底瓦解，这次原本自信的劝说也令他感到索然无味，胡乱地扒了几口饭出去了。脚上一双新皮鞋，在稀薄的阳光中明晃晃地照着她的眼。

婚礼那天父亲独自坐在后园里发呆，深秋的冷风狠狠地撞击在脸上，父亲以一种惯有的姿势衔着烟斗，嘴角咧出一个夸张的弧度，烟斗里的烟草在凛冽的寒风中劲猛地燃烧着，真实得像是一尊雕像。

前院的锣鼓声和鞭炮声交织在一起，像潮水一样漫无目的地涌来，然而更激烈的还是一阵阵碰杯喝酒吆喝的祝福声。

她在后院的墙角发现了抽烟的父亲，挨着他坐下，眼光抚摸着父亲用一生的积蓄为二哥结婚所买下的房子。却是如此的陌生，让她觉得那应该是在村里最有钱的那一家里。惨白的瓷瓦贴着明艳艳的红，刺痛了神经。

忽然在一群闹哄哄的声音里，有人高声喊道："老爷子呢？这大喜的日子可不能没有老爷子。"一时间里欢声笑语都沉了下来。父亲磕尽了烟灰，换出一副只有在大喜日子里才露出的笑脸踏进前院，前院又继续欢腾起来，大家又忙着同父亲寒暄和二哥打趣，吵吵闹闹的喜悦声、调笑声，甚至是粗鲁的玩笑，混合着锣鼓喧天向四周蔓延涌去。她擦擦眼泪，天空里一抹惨淡的云印在了眼睛里。

婚礼的第二天她就在大哥的尖声咒骂声中随父亲搬进了原来居住的小屋。小屋因为常年的漏雨墙壁上到处耷拉着褐色的纹斑，带着一种粗糙的质感引领她又回到了童年的那几年。那时候母亲还活着，经常会给她扎起让所有同龄孩子都羡慕不已的马尾辫，父亲也常会把她放在肩膀上眺望臆想中的北京。

大哥一脚踹开门的巨响把她拉回了现实，木钉门上的铁锈因巨大的震动一层层地脱落，带着一股锈铁的辛辣味迎面扑来，直呛得她流泪。父亲只是静默地蹲在墙角抽烟，像是一堆被火烧过的木炭。

　　自从母亲去世后父亲仿佛患了失语症一般，很少说话，养成了抽旱烟的习惯。手里经常会端着一支烟杆，在闲暇的时间躲在阳光弥漫的墙角眯着眼抽上几口，慢悠悠地吐出长长的烟雾，像是吐出了隔夜的忧愁。父亲的一生是愁苦的，早年亡妻，抚养三个孩子让他过早地衰老了，他挑起了一个家庭的重担，白天在毒日下伺候着几亩薄田，晚上回来后还要洗衣做饭忙至深夜。早些年的时候村里还有一些好心人可怜他给他介绍对象，他总是毕恭毕敬地递过去一支烟说我一个人能行。时间长了也就没有人再张罗着要给他说媒了。

　　接下来的十几年像是流水一般地快，孩子们都长大了，烟斗里的烟丝被一次次地填满化作阵阵若有若无的烟雾，徒剩下灰白的烟灰被磕尽。而父亲自己也在一年又一年雨旱季的偷换中老了。

　　两个儿子相继长大成健硕的男人，父亲学着村子里的人把儿子送到外地打工，他希望儿子在外边好好地挣钱，然后积攒下来回家盖新房讨老婆生孩子，继续着祖祖辈辈所经营的生活。

　　父亲的希冀总是好的，可是他并不明白外面的社会是多么的鱼龙混杂。直到每年的年尾左邻右舍爱打麻将的人总是坐在自家里喊"和"叫"碰"时，他才后悔自己的决定。两个儿子自甘堕落的平庸在他那里总会化作一阵阵的长吁短叹和一团团扑朔迷离的烟雾。之后他便把所有关于生活的美好希望全倾注了小女儿身上。全村的人都认为她将是这个村子里的第一个大学生。

　　女儿的学习是刻苦的，这使得他做父亲的倍感欣慰。他时常想着要给女儿攒下一笔钱上大学，每每想到女儿终会有金榜题名的那一天时，他衔着烟斗的嘴角常会露出一抹不易被人察觉的微笑。可是钱却越来越少，最后他不得不放弃了，他终于接受了儿子败家的事实。每至春节的前夕他都要看上几十副面目狰狞的表情，他不知道儿子因为打麻将在外面欠下了多少债。为了还债他不得不在茫茫的大雪中穿梭许久去远亲那里借钱，一路上都没有人，只有踩在雪地里咯吱咯吱的脚步声提醒他现在的使命。可每当他想到有一天女儿可以在全村父老乡亲的欢声笑语以及锣鼓喧天喜气洋洋的赞美声中跨进大学的校门时，心里总是会不由地涌起一阵激流暖遍全身，脚步也徒然加快了许多。

起先那些远亲在借他钱时，总不会忘了叮嘱他几句不要再拿给他儿子赌牌了，他也是唯唯诺诺地答应着，可每当来讨债的一副副狰狞的面孔赖在家里不走时，他照样让那些钱流到了别人的口袋。日子久了也就没有人愿意借了，他自己也觉得脸上无光。可一想到女儿会因交不起学费而不得不辍学时，他总会憋屈地留下泪来。

有时候连父亲自己也禁不住感慨，自己真的老了，在年复一年的讨债者的目光中，在女儿一次次拿着奖状骄傲的炫耀声中，同样，在温暖阳光照射墙角的静默时光中被烟熏老了。

二　她

七月末，天空被厚重的阳光一点一点染成深邃的蓝，溽热的空气像是地毯一样包裹住全身，汗水更是受了惊的蜜蜂群，此起彼伏争先恐后地往外涌，黏黏的湿透了衣裳。在课桌上趴得久了，经常会把皮肤黏在光滑的桌面上，起身的时候总要经历一阵撕裂般的疼痛。而她所要面临的，是中学时代的最后一年。

这生活总是极度的静，只有不停地做着笔记，和演算各种复杂扰人的练习题。已经习惯了每天的晚自习结束之后，在整栋教学楼所发出的巨大噪声洪流中，和那些吵吵嚷嚷的孩子们一起走出教室。所有的人都被这洪流推搡着流过法国梧桐整饬的校园，流过华灯初上车水马龙的繁华街市，拖着疲惫了一天的躯壳和在意识角落里缱绻的对未来的希望回家。这时候她会停下来，站在路边扶苏斑驳的树影里，用一种局外人的眼光打量着这群孩子对未来卑微的求索。

在校园树影斑驳的小道上每天都会遇到两个骑单车的少年，微凉的夏日晚风把女孩的长发尽量往后隆起，深深地埋住了男孩的脸。他们总是这样骑着，沉默不语。或许这时光幽美，连言语都省了。女孩坐在单车的横杠上姿态怪异，而男孩也时常会低下头长吻女孩的头发。

每当这时她都会摇头自嘲地笑笑，这一切都与她太远。她只知道现在父亲肯定是蹲在自家门口听在夜色里乘凉的邻居聊着家长里短，而堂屋昏黄的灯光也肯定一如往日地笼罩着一桌麻将。

这时她总觉得时间流逝得缓慢而美好，像是透明清澈的溪流轻轻漫过河滩，把一切冲得很淡，偶尔带走一粒俏皮的沙子，送给它一次前途未卜的旅途。

就是这样一个静到可以听清自己心跳的晚自习，所有的人都在埋头伏笔做题。忽然刚进教室的男生颀长的手指轻轻地拍过她的肩膀，她抬头，是他。她忽然有些不知所措，慌乱的眼神鼓点般地落满他的全身，然后停留在窗外被深重的夜色所遮蔽的天空，带着淡淡的苍凉，却又散落着点点的繁星，一如她现在的心情，明亮而清澈。

男孩只是想告诉她楼下有人在等她，对刚才的打扰习惯性地用一个若有若无的微笑表达了歉意，然而她是希望这一瞬间可以是无限延长的。她在下楼的时候依然想象着男孩白皙的手指在拂过肩膀时划过了怎样优美的弧度，那是一双会在黑白相间的琴键上跳起华尔兹的手，虽然她只在庆祝校庆的舞台上很专注地注视过那双手。彼时的他正弹奏着一曲《欢乐颂》，双手潇洒地在琴键上起起落落，优美舒缓的旋律征服了在场的每一个人。她亦知道这不过是属于她一个人的幻想，对于爱情她从来都是畏惧的。

她匆匆地下了楼，当看到二嫂欲哭无泪的表情时，紧张和不安迅速占领了全身的每一个角落。

她听见二嫂一声轻轻的啜泣，然后又轻轻哭起来。她从二嫂断断续续的哭声中了解到，父亲已经病重多日。

她想起从前，父亲时常会因剧烈的干咳痛得缱绻着慢慢地蹲下去，稍稍缓解后歉然地对她笑笑："一点小毛病，没事的，就是一点小毛病。"

然后兀自继续着刚才的活儿，像是什么都没发生一样。可是她能看出，父亲平静表情的下面有着怎样因长期劳苦疲惫所赋予的对生活出自本能的无限隐忍。

头顶之上的夜色仿佛又是浸足了油的抹布，随时都能滴下几滴水来。

那天她随二嫂匆忙地回了家，看到家门口围了一大群人，二嫂告诉她，村里的人正商量着把父亲运到小镇的医院。

她看见两个哥哥深埋于市井的脸上，第一次出现了哀戚的表情。而她的父亲，那个背负了一生的愁苦和希冀的老人，正被巨大的疼痛折磨得蜷蜷呻吟着。悲苦难言，只有经历过那种属于贫穷的坎坷与无依境遇的人才能真切地体会到活着的艰难。在场的父老乡亲早已是两行热泪挂在脸上。那天夜里她坐在如将死之人微微喘息的医院长廊里，等来了一个阴雨连绵的黎明，直到得到医生并无大碍的答复之后她才急匆匆地返回了学校。

往后的日子像是一幅简单粗糙的素描画，一直都是白天与黑夜的轮回逆转，风轻云淡。却时常会因深夜噩梦中父亲的突然离去而惊醒，醒来便无法再次入睡，于是就把目光定格在那些漫过窗棂的暖黄灯光和婆娑树影里，直到昏暗不清的走廊里射入了黎明的第一缕晨曦。

就这样日子慢悠悠地晃到了高考，同学之间忙着合影留念，来纪念这段生命里不可多得的岁月。她收到过几次因为礼貌而发出的善意邀请，她知道能留给彼此的，除了一张日后发黄直至消亡的照片之外并没有什么情谊可言，却因为能被大家凑到可以和他并肩站在一起拍照留念而感到无限幸福。那张照片被她珍藏了许久，左手旁的男孩微笑带着莫名的伤感，天空飘着几朵淡淡的云，姿态寂寞。

这个夏天她结束了高考，然后离开了生活了三年的校园，随后便是出成绩、填志愿、等待录取，当然还有同学之间各种各样的聚会。这个暑假也因此显得不再漫长。

在那些晚霞划出一道道优美弧线的傍晚，她会陪在父亲身边聊些学校里的人和事，而父亲则一如往日地保持着静默的姿态，微笑不语。

三　结局

她终于不负众望地拿到了一所重点大学的通知书，村里为这份荣誉举行了盛大的喜宴，其奢华的程度丝毫不亚于二哥当年的婚礼。她恍恍惚惚地看到两个哥哥在吃着喝着，对前来道贺的人们说着一些恭维的话，在她看来，不过是满面红光的肉团。肉香和酒的辛辣味又一次混合着锣鼓喧天四处蔓延而去，和记忆中二哥的婚礼不谋而合。

盛夏饱含了欢声笑语的季风透过层层前来道贺的人群抚平了父亲额角深而密集的皱纹。这场喜宴的隆重在许多年后依然为邻村的人们所津津乐道，并作为教育孩子求学的良好素材一直沿用至今。

她一直都想知道是什么让父亲在这样艰苦的岁月中坚持了下来，父亲只是轻描淡写地说是在母亲死的时候答应过她要把娃儿养大成人。她亦知道这是人间最朴素的爱与约定。

又一个夏季在吵吵闹闹的雨声中悠忽流过了，像是童年不停旋转的纸风车。当秋风漫过墙缝里生长的荒草时节，又一季的轮回开始了。她想起去年此时在忙着秋收的时候二哥拉过来一个女人说："爹，我要结婚。"然后他们就看到现在已是二嫂的女人微微隆起的小腹，于是什么都知道了。一个月后父亲就给二哥张罗起了那场在村里绝无前例的婚礼。

很多年以后她渐渐明白其实生命应该是一场欢乐与悲伤的二重奏，二者同时上演，父亲在饱受凄苦的同时教会了她面对生活的坚韧。

当她在一个深秋挽着丈夫的手漫步在掉落一地金黄的小道上时，对身边的高大男人讲完了父亲的故事。男人只是把她拉紧深深地埋入自己的怀中说道："人永远是一群被内心的遗憾和憧憬所奴役的生物，夹在生命的单行道上，走不远，也回不去。"

间或风停了，漫天飞舞的树叶便无可挽回地颓然跌落，再也追不上那些早已遁入岁月深处的往事。

作者简介
FEIYANG

　　夏克勋，出生于 1990 年圣诞节前夜，就读于四川大学文学院。喜欢史铁生，希望有一天也能写出像《务虚笔记》那样的作品。（获第十一届新概念作文大赛二等奖，第十二届新概念作文大赛一等奖）

第4章

梦想在左，年华向右

梦想在左，年华向右，如果要趟过青春
那条河，那么请坚持信仰，请相信爱

梦想在左，年华向右　◎文/周笑冰

一

直到现在，每次仰望璀璨的星空，我还是会想起几年前的一个晚上，有一个女孩轻轻地握住我的手，她说："右右，我们做朋友吧。"一瞬间，我的天空连星星都亮了。

二

如果你有哆啦A梦的时光穿梭机，时钟可以嘀嘀嗒嗒地转回到2004年的时候，请你一定不要遇见我。因为那个时候，我还是一个试图用校服来掩盖自己臃肿的身体的女孩，顶着乱蓬蓬的短发，不安地走在别人的视线里。我是于右右，3月26日出生，敏感、怀疑与自尊，这些典型的牧羊座特征我全都有。

世界上真有喝口凉水都会长肉的人，比如说我。身高只在小学六年级时长了一截，然后就停滞在1米55。倒是体重一直居高不下，无论怎么节食也没有效果。所以当我踏进号称美女云集的十三中，不被欢迎的情景就可想而知了。

开学不久，女生都形成了自己的小团体，而我不属于其中任何一个。其实，不被人理会也没什么，至少可以安静地学习，就在我这么安慰自己的时候，"露脸"的机会来了。

体育长跑测试像一场噩梦。同样都是 800 米的距离，一起起跑的女生都很轻松地抵达了终点，而我跑了 600 米之后就觉得要瘫倒在地上，剩下的路程几乎是一步一步挪过去的。比体育老师一脸不耐烦的表情更让我觉得难以接受的是其他同学有些骄傲、有些同情的眼光。他们传递的信息是，那个叫于右右的女生好胖好笨啊，800 米居然跑了将将 6 分钟，啧啧，真是没有运动细胞。并且祸不单行真的是有几分道理的，我忘不了的是，接下来的数学讲评卷子中，我一直很喜欢的烫着波浪卷发穿高跟鞋的漂亮老师清亮的声音，于右右，才开学你怎么就掉队，拉班级平均分了，都拖累了班级排名。

此后，我被越来越多的人注意，身上似乎被贴上了标签。哦，于右右就是那个很胖的女生啊。哦，于右右就是那个数学非常烂的女生啊。哦，于右右就是……我是于右右，于右右是不怎么讨人喜欢的女生。那么，我就是那个不怎么讨人喜欢的女生。有的时候，我会在草稿纸上涂抹这样的推理过程，自娱自乐到眼圈都红了。我也想做成绩很好的女生，做很漂亮的女生，做那个可以大方地在人群中微笑的女生，这些人都在人群中存在，可惜她们都有着另外光鲜亮丽的名字，她们不叫于右右。

上初一的我们都只有十三四岁，还是小孩子，很容易对某一个人产生莫名其妙的轻视与敌意，就像那天，英语晚自习过后，班长大声宣布着调座的名单。我低着头，听到念自己的名字的时候，教室突然迸发出来的笑声，那个一向调皮捣蛋只有学习还不错的班长大声地，放缓了语速地读，他说，于肉肉。故意地读错了我的名字，这切中要害的谐音引起了更多男生的附和。我脸涨得通红，他们没说错什么，是我又胖又笨。

令我意想不到的是，从教室前排站起的女生，她的脸因为气愤也变得通红，她大声地说，你们凭什么要嘲笑于右右，你，程辰，你干吗故意读错人家的名字？

班长程辰站在台上脸色由红转青，而那个女生也没有让步，紧紧盯着他。有些同学开始打圆场，没有人注意到躲在角落里的我把脸埋在书本里，开始小声啜泣，不仅是为了班长的戏弄，更是为了，有一个人勇敢地站出来，为我说话。

庆幸的是，放学铃很快地响了起来，为这场争执仓促地划上一个句号。程辰第一个走出教室，而在我手忙脚乱地收拾书本时，那个女生已经走到我的面前，右右，晚上一起走吧。她背着单肩书包，帅气地将书包甩在身后，满脸关切地看着我。然后潇洒的语气转为了焦急，右右，你怎么哭了？

那个时候，同学都已经走了，偌大的教室里只有我们两个人，女生坚持等我情绪逐渐稳定后，才和我一起走出校门。耽搁了那么长时间，最后一辆公交车也已经离开，女生取出单车，陪我走回家。

一路上，女生一直在为我宽心，为我讲笑话，我静静听着，心里满是感动，几乎要再次哭出来。到了家门口，女生突然停下自行车，轻轻握住我的手，说，右右，我们做朋友吧。

三

女生叫做左七宁，是班级的文艺委员。最初对她的印象仅限于开学伊始，大家轮番做自我介绍时，她笑意盈盈且充满自信的发言。应该是很厉害的女生吧，我在讲台下面暗自忖思，没有想到自己会与她有交集。所以当左七宁询问我的时候，我只是轻轻地点头，我怕误解了"朋友"的含义。

我以为对于左七宁那样耀眼的女生，朋友应该会有很多，何况像我这种没有突出优点的人，也许仅仅意味着比同学稍微亲昵的关系。所以我想还是稍微保持点距离好，怕自己的热情举动会给她，给自己都带来难堪。可是七宁似乎并不这么想，从第二天起七宁就和我一起吃饭，热衷于带我参加集体活动。她如果参加竞选，我一定会坐在下面，即使是学生干部开例会，我也会在门外等她。班级的女生会半开玩笑地说七宁啊，你真是给自己找了个最忠实的跟班，然后七宁脸色就会变得很严肃，这是我妹妹啊，懂吗？

我懂，因为七宁怕我寂寞。但是有些人生来就不具有可以站在众人面前坦然自若微笑的资质，所以我很感激她，却不期冀成为她希望我成为的那种人。

一天下午自习课，七宁打着手势让我出教室，外面已经站着四五个女生，七宁一脸温煦的笑容，手里拿着表格，说，学校艺术节让每个班级都出一个节目，咱们班就诗朗诵好了，右右嗓音不错，和齐桑桑一起担任主演吧。旁边的齐桑桑微笑地向我示意，我则不安地揉着衣角，还是算了吧。七宁略有些惊讶地看着我，然后为难地说，"可是报名表我都已经交上去了啊，我原以为这一定适合你啊。"

心里莫名地涌上一股怒气，我将手伸向校服口袋里，那里有已经被妈妈撕成碎片的参赛通知书，头一次，我说出了拒绝别人的话。"左七宁，你不知道没经过别人的允许就为她作决定的行为是不礼貌的吗？"

七宁愣在了那里，其他女生的议论声明显增大，而我则抿着嘴不置一言，后悔与愧疚开始充据我的脑海，毕竟她是为我好的，可是伤人的话已经说出去，即使想收也来不及了。七宁的脸上是挫败的神情，"对不起，右右，我会处理这件事的。抱歉。"

回到教室后，七宁在返回来的报名表上涂抹勾画，坐在后方的我黯然地低下头。对不起，七宁，我不是故意要说那些话让你难受的。我只是，受够了让别人操纵的生活。

放学铃响后，七宁一反常态地没有等我，而是率先走出了教室。我默默地收拾书包，觉得像开学伊始那样孤单的景象又回来了。其实不算什么，本来我们就不是一个性格的人，我告诉自己。心里还是失落，不知道什么时候已经把七宁当做自己唯一的朋友，最好的朋友。

迈出教室时，我意外地看见了七宁正坐在走廊的窗台上，脸上是一如既往熟悉的微笑。"今天好慢啊。"她跳下窗台，熟稔地牵着我的手一起走下楼梯，又开始孜孜不倦地讲她四处收集的明星资料。

"对不起，七宁。"我低着头说，"没想到我第一次发脾气，居然是冲着自己的朋友。"

"没什么，是我没有顾虑到你的想法。"七宁笑了起来，"我已经修改了报名表，别生气了啊。"她摇了摇我的袖子，"右右，我们还是朋友吧？"

"怎么会不是？"通常都是我陪七宁去取车，然后她送我到公交车站，但是今天突然想要跟她有更多的相处时间，"七宁，今天送我回家好不好，我有个故事想讲给你听。"

"从前有一个女孩，她没有别的爱好，就是特别特别喜欢绘画。可是她妈一心想让她走正常的高考模式，极力阻挠她参加各种专业培训。她就自己在家偷偷画，好不容易得到参加一个市里比赛的机会，结果参赛通知书被她妈妈给撕掉了。你说那个女孩该怎么办？"我看着七宁清澈的眼眸，"你说那个女孩是不是应该放弃爱好，听爸爸妈妈或者随便什么人的安排度过一生呢？"我的手中紧攥着碎片，一如握着我们支离破碎的梦想。

七宁脸上总是闪烁的笑意此时收敛了，"右右，我想那个女孩应该再勇敢一些，家长不喜欢可以去说服，参赛通知书撕了可以再粘。但是，于右右，"她侧过身直视我，"你一定要记住，我们能够实现梦想的机会，也就那几次而已。"

"七宁，"我的泪水又开始在眼眶里翻滚，"我真是特别高兴你的存在。"

"真是麻烦，怎么又哭了，"七宁停下车，手忙脚乱地找面巾纸，"什么时候比赛告诉我一声，我帮你打掩护。对了，通知书残骸在你手里吗？"

"啊？嗯。"我不知所以地点头。

"那给我吧，我帮你粘。自己动手的话万一你妈发现就麻烦了。"

七宁笑嘻嘻地说。

"七宁,"快要走到家里,我突然想起一个我一直不能理解的问题,"你那么优秀的人,为什么要和我做朋友呢?"

"呵呵,还记得开学时教室少了一副桌椅,你就自告奋勇地去搬的事吗?还有军训时教官嗓子哑了,谁都没注意,就你第二天拿了金嗓子喉宝给他。那个时候,我就觉得你是个心肠特别好的人,这样的人做朋友不会错啊。"七宁格外认真地说,"于右右,你一定要记住,我,左七宁,欣赏你。所以,一定加油啊。"

四

比赛时间是星期六上午 10 点,早上 8 点钟,七宁就如约来到我家,穿着校服,手里还提着大书包,妈妈将她让进客厅的时候,抽空瞥了我一眼,意思让我学习人家那刻苦精神,周末还要背着课本。

"阿姨,"七宁招牌式的"好学生"笑容最容易让家长信服,"我们小组负责下周的课文讲演,想趁周末大家到学校汇总一下资料,右右是主讲人,今天也要参加讨论,如果您不介意的话,我就带她走了。"

听完七宁这席话,妈妈最后一点狐疑的表情也消失得一干二净,"右右,你快点准备东西,别让同学久等了。"

虽然我一向都知道七宁擅长言辞,但是她用如此之短的时间取信于我妈还是让我吃惊不已。确定走出我妈的视线范围,她才摆出了胜利的手势,而我也知道了那鼓鼓囊囊的背包里面装的全是美术用具。"剥削我表哥的啦,他是专业的美术生。"七宁摇头晃脑地说,然后一脸慎重地握着我的手,念念有词,"好了,我已经为你加持完毕,有本大师的护佑,你这次比赛一定会成功的。"七宁的笑容让我安心了许多。

从小我就不适应新环境,踏进考场,面对许多陌生面孔,心里没来由地一阵慌乱,胃又开始隐隐作痛。知道是紧张所致,我皱着眉头看向窗外的景物,想缓解压力。

"这位同学是十三中的吧？"后座的男生拍了一下我的肩膀，我回过头，看见一张干净温和的笑脸。看见我点头，男生显出喜悦的样子，开始与我东拉西扯一些轻松的话题。和他接触久后，我才知道他当时就发现了我不安的情绪，所以和我聊天安抚我。而当时的我只觉得和他聊天很有意思，心情也逐渐稳定下来，接下来的考试如鱼得水。

收卷时间不知不觉中来到了，"哇，好漂亮。"看见后座男生递到讲台上的绚丽图画，我不禁赞叹，"你是专业美院的吗？请问你叫什么名字？"只要遇见与绘画有关的事物，我就会爆发出平时没有的个性。

"我是穆言啊，我也是十三中的。"男生一边收拾画具一边说，"没想到还能在这遇到同学。真巧，你画的也很好啊。"

"有吗？谢谢。"我不习惯接受陌生人的赞美，但眼前的男生让我觉得很舒服真诚，"我是于右右，以后有绘画方面的问题就请指教了。"

绘画比赛的结果下来，穆言第一，我第三，七宁准备让我去肯德基请客的计划在得知这次比赛没有奖金后被扼杀了。她心有不甘地一边舔着替代品雪糕一边指责，"搞什么啊，害得姐姐我还花了8元钱的打车费，结果就给了一张奖状。"

"知足吧，大小姐，"穆言正在支画架，"又不是商业性的比赛，几个资深老师愿意给你指导指导参赛作品的不足就很好了。右右，别东张西望的了，这头风光好，快过来。"

绘画比赛后，我和穆言逐渐熟络起来。有什么关于美术的咨讯，肯定第一时间找对方分享。有的时候会跟家长找个借口一起出去写生，逐渐成为无话不谈的朋友。也是因为有他和七宁在，绘画梦想才得以一直延续。如果一直这样下去，我也会长成七宁那样明媚的女生吧？我微笑着朝我的朋友们走过去。

五

学校大扫除，班级领到的任务是清理大会议室，七宁被老师叫过去设计板报，我和几个热衷于侦探动画的女生一起擦窗台。听到她们热情洋溢地讨论柯南和金田一谁更聪明一些，我浅浅地笑，抬头看见程辰站在我旁边，他似乎有点局促，"于右右，我能和你说几句话吗？"

自从那次宣布调桌名单后，程辰再也没有和我说话过，七宁似乎也在和他赌着气，班委开会时口气一直很冲。在中午吃饭时，我告诉过七宁多次自己并不在意，可是每次七宁都是一副行侠仗义豪气干云的表情，笑着说姐姐不为你出头谁为你出头啊。我只好把要说的话和食堂提供的免费汤咽在一起，继续听七宁不间断提供的冷笑话。这次突如其来的谈话让我很意外，我挺直了脊背看他，心里盘算着也许是一场口水战。

"于右右,对不起。"没想到的是,程辰拧着眉头研究了我几分钟后,口里吐出的竟然是抱歉的话语。

"其实，也没什么了。"我努力地措词，"反正事情已经过去这么久了啊。"我真心实意地说。

"那，"一直都很直率的程辰突然变得矜持起来，"那左七宁为什么还在生气？她已经很久没跟我说话了。"他小心翼翼地求证。

"不知道，"我耸耸肩，"这你得问七宁。"看见他为难的神情，我突然明白了什么，压低了声音，"你，你该不会是喜欢七宁吧？否则这么在意她做什么？"

程辰瞪了我一眼后点头，我惊讶得差点把抹布甩出窗外。他立刻换上诚恳的笑容，"于右右同学，我想来想去，能改变她对我的看法的人只有你了。所以你一定要原谅我，帮我多说几句好话。"

"所以就是这样了，"我把程辰的信递给七宁，"一个大男生叫'右右姐'真叫人吃不消。"

"你怎么能轻易原谅他，"七宁抱怨地看了我两眼，"到最后显得我多管闲事了，反正我不能这么便宜了他。"

结果七宁口中的"不能这么便宜了他"就是让程辰代替她和我完成一个月的扫除任务，偏偏程辰还眉开眼笑愿意得很，每次见到我都是右右姐长右右姐短地叫，和以前判若两人。

"程辰这个人说话没有遮拦，开玩笑没深没浅，"午休的时候，我和七宁坐在楼前的台阶上，她看着被自己奴役着去买小食品的程辰说，"所以给点教训是必要的。"七宁高深莫测地笑了，然后拽起我，"走，右右，跑步去。"

<h1 style="text-align:center">六</h1>

一天上午，穆言兴冲冲地过来找七宁和我，头一天晚上没有睡足下课还不得补觉被人硬生生地拽到走廊里"密谈"的七宁不停地抱怨，然后又有唯恐天下不乱的程辰过来"旁听"，导致穆言的每一次开口都异常艰辛。

"明天下午文化馆有新锐画家的作品展览，免票参观啊。"穆言神秘兮兮压低了声音，"右右，七宁，你们看不看？"

"当然想啊，"七宁瞥了他一眼，"可是明天还有课啊，总不成大家一起逃课去吧。"

"我是打定请病假的主意了，"穆言一脸悲壮，"为了画展我豁出去了。"

"啊，那我？"我有点踌躇，"万一我也请假，我妈知道了怎么办？"

"谁说一定要请病假的，"程辰笑眯眯地说，"反正英语老师前几天还说要买录音机呢，我去找老师把这个活揽下来。明天一起动身吧。"程辰，你一看就知道是翘课老手啊。我在心里默默念着，"但是，不会被老师发现吧？"我既期待又担忧。

"管他呢，"七宁挽着我的肩，用大灰狼诱拐小白兔的口气循循教导，"是你喜爱风格的画展啊，偶尔出格一次没什么不好。今天晚上我就去和程辰看录音机，明天看完画展出来直接去买。就这样了啊。"

没想过要到假条非常容易，英语老师甚至欣慰地表扬我们，"为了班级事务不惜牺牲个人的学习时间，真是好孩子啊，哈哈。"说没有愧疼是骗人的，我暗暗发誓晚上一定要挑灯夜战，把牺牲的时间补回来。

展厅的人不多，解说员也就非常的悠闲。在我看画的空隙，他一脸了然地问，"十三中的学生，老师不知道你们出来吧？"看见我窘迫的脸色，他哈哈笑了起来，"我又不会和你们老师说，我就是好奇，不是专业美院的学生，还这么执著于绘画的孩子真是少见。怎么做到学业爱好两不误的？"

"朋友的支持。"看着七宁他们的身影，我大声说。

看完画展，我们去取已经预定了的录音机。一路上聊着聊着，穆言突然说，"既然我们已经顶着老师的压力一起逃课了，是不是就算是共过患难的好朋友？"

"那还用问吗，"七宁白了他一眼，伸出手，"庆祝一下我们友谊的升华吧。"

"女生真麻烦。"虽然这么说，程辰还是把自己的手叠上去，然后是穆言和我的。"One two three four，加油。"其中一声"add gas"是程辰喊的。

"程辰，你确定你的英语满分卷不是照人抄的？"七宁脸上有冷汗划过。

七

七宁很有音乐才华，家里人也都支持她去专业院校进修。只是市音乐学院要求学生住宿，每半个月放假一天，父母担心七宁不会照顾自己，才迟迟没有成行。画展之后，七宁开始正式着手去音乐学院的事。期中考试后，大家再次去写生的时候，七宁已经接到了学校的入学通知书。

"转学手续我妈已经办完了，下周我就去那所学校。"七宁语音里流露出不舍，"以后要经常看我啊。"

"真是同人不同命啊，"程辰做出西子捧心的姿势，"你可算是摆脱数理化了，以后出 CD 的话，就给我签个名吧。"

七宁红着眼睛捶了程辰一下，"就你话多。"然后用力地拥抱我，"妹妹，真是舍不得你呢。我走之后记得按时锻炼，有谁敢欺负你让他去我们学校找我。还有，"七宁狠狠地瞪了程辰一眼，"不许欺压右右。"

"都是多久的事，你怎么还记仇啊。"程辰干笑了几声，看见七宁警告的眼神后很识趣地改口，"以后右右换我罩了，OK？"

"行了，七宁又不是背井离乡，还在一个城市，弄得这么紧张干什么。"穆言好笑地劝告，率先伸出手来，然后是程辰、七宁和我相继把手摞上去。"One two three four，add gas！"

<h1 style="text-align:center">八</h1>

七宁说一边写作业一边发短信不是好习惯，我左手握着手机，右手写着数学题，贼兮兮地乐，努力不让别人发现，然后她又很快地发过一条消息补救：但是姐姐我除外。我想这回我是笑出声了，因为旁边的程辰很快传过来一张纸条：你这丫头鼓捣什么呢，快点学习。以为自己是左七宁呢，在老班眼皮底下看电子书都没被逮着过。下课的时候，穆言跑过来，说："右右，程辰，周末我们一起去写生吧，把七宁也偷渡出来。"

有人说，梦想注定与年华背道相驰。当因为体重被人嘲笑的时候，当参赛通知书被妈妈撕掉的时候，我曾经把这句话当作座右铭，在笔记本上反反覆覆地抄写。幸好有你们，我的朋友，陪我一起呵护希望，伴随我成长，直到成为可以坦然面对离别的孩子，保持微笑的姿态等待更为丰盈的相聚。

梦想在左，年华向右，如果要趟过青春那条河，那么请坚持信仰，请相信爱。

（作者简介见《寂寞的绽放》一文）

1896 年的乐章泛黄　　◎文/任其乐

一

　　我叫戴天，七岁开始学电子琴。

　　那时候手小，按键不稳，老粘键。初级班考试时，一首《天鹅湖》被我弹得群魔乱舞，老师笑称我为"音乐鬼才"。当时我并不知道"鬼才"是个什么东西，只知道鬼很可怕，所以估计不是什么好词，便很讨厌那老师，但却依旧喜欢上电子琴课。我右边坐着一个乖巧可爱的女孩子，和我同岁，总穿一身公主裙，手很漂亮，弹起琴来从不粘键，着实让我倾慕。每每我侧脸瞄到她时，眼神便变得钝重起来，久久不愿收回。接着手下便开始跑键走音，然后那个我很讨厌的老师走过来对我说，这首曲子 1896 年就谱好了，用不着你再创作。

　　我学琴六年，十三岁时，父母工作太忙，没人陪我去上琴课，我也要升初二，就搁置了。当时倾慕的那个女孩三年前就不来上课，她父母看出她在琴上的天赋，专门找了老师到家里教，期盼着自己的孩子搞个什么名头出来，而且名头越长越大越好，比如"奥地利维也纳金色大厅顶级专业交响乐签约钢琴师"，说出去谁听了都能唬三跳。但那几年，学琴的人比眼下金融危机中失业的人都多，通货膨胀得厉害，搞得我们学校艺术节表演节目，15 个班 30

个名额，报了 26 个钢琴。不幸的是现在的速成班太多，大伙技术参差不齐，有的甚至连谱都不识。我在下面听着，心里想，这才是真正的群魔乱舞。

结果节目快结束时，我见到一个穿公主裙的女孩儿。

之前我从不知道她和我在一个中学，坐在我身旁的家坤一看台上，眼睛就直了。

我在一旁捣捣家坤说，你矜持点，看到漂亮姑娘眼珠子都飞出来了。

家坤将我捣他的手抓住，扔回给我，自顾自看得津津有味，说，那人在小学时是班花，你不认识她。

我说，拉倒吧，我认识她的时候你还不知在哪捏泥巴呢，她和我以前是一个电子琴班的，我们在一起待了三年呢。

家坤回头瞟了我一眼，又回过头继续看那女孩，说，那又怎么样，她是我小学同学，我和她在一起待了六年呢。

我本想说，那又怎样，我自小和她青梅竹马，我和她好了十二年呢。但是肯定不能这么说，毕竟当时的我只有十三岁。于是我再没说话，继续看台上，那女孩儿的手依然漂亮，手指修长，不粘键，弹得很流畅。那首钢琴曲我忘了名字，只记得是关于离别爱情的，谱曲于 1896 年。这些记忆来源于那个我很讨厌的老师。

乏味的艺术节终于结束，家坤早已按耐不住，自顾自跑向台边，找到那个女孩儿，傻乎乎地叫了一声，韵涵。

韵涵对家坤简单地笑了笑，说，是你呀，你好。

然后她收拾好琴谱，走掉了。

家坤的这次搭讪虽不算失败，但肯定也不算成功。我走到家坤身边，说，人家好像根本就不认识你，你们以前真是同学？

家坤说，她和我不是一个班，我从四年级就开始喜欢她。

我说，你可真早熟。当时她怎么回复的？

家坤说，她没回复。我根本没告诉她……

后来我知道，家坤真的是不忘旧情。从他嘴里开始不断地出现韵涵这两个字，话唠得厉害。而且开始展开行动，送人家回家，帮人家背琴。看着家坤乐此不疲地做着这一切，一点疲态没有，不禁感叹他不做酒店服务员真是可惜。同时，我心里开始变得不舒服。我也明白，我是喜欢韵涵的，每每看到她时，我的眼神依旧会变得钝重起来，久久不愿收回。但是家坤表白在我之前，作为家坤的好朋友，我无法再说我喜欢韵涵，只能默默看着家坤来回折腾。

有一天，家坤找到我，塞给我几张精美信纸，然后又拿出一张皱皱巴巴的纸，上面满篇肉麻词汇。他说，你字写得漂亮，帮我誊一下。

我说，不干。

他说，帮兄弟个忙。

我说，不干。

他说，这个周末去网吧，我请。

我说，给我找支下水流利点的钢笔。

家坤将誊好的情书偷偷塞进了韵涵的书包。很快，韵涵回复，送给家坤一枚高音谱号样式的胸针，制作非常精美。当时我就在远处看着，韵涵好像还抱了家坤一下，抱得我心灰意冷，意乱神迷。

当时我决定不再对韵涵抱有任何想法，并感到家坤真走运。

家坤很够意思，请我去网吧，一点都不计较钱。他胸前就带着那枚胸针，我能清楚感觉到胸针反光刺痛着我的眼。

初三快毕业时，全校又搞一次艺术节，没什么新意，钢琴依旧吃香，韵涵弹的还是那首曲子。不过家坤借口闹肚子，跑到网吧去了。

结束后，韵涵叫住我，和我随便聊了几句，然后把她的琴谱给我，让我交给家坤。

我答应了她。

二

我叫家坤，喜欢一个女生。

那个女生是我的小学同学，叫韵涵，电子琴和钢琴都弹得很棒。

小学的时候，胆子小，没敢对她表白，带着遗憾到了初中。后来在学校的某个无聊联欢会上，见到了她，我才知道，她和我在一个中学。

然后理所应当地追她。送她回家，帮她背琴，绞尽脑汁熬夜到凌晨两点写情书。只是我的字写得有些难看，不工整。只好找到戴天，他是我的好朋友，字写得十分漂亮。

情书誊好后，我又买了一枚胸针，是一个高音谱号形状的，我想韵涵如此喜欢弹琴，这个胸针她一定喜欢。在某天上午的课间操，将胸针和情书塞进了她的书包。

结果我想错了，她将胸针还给了我，对我说，对不起，我喜欢别人。而这个别人不是别人，就是戴天。

我有些尴尬地笑了，对她说，至少让我抱一下你好吗？她抿嘴想了一会儿，轻轻将我搂了一下。

那枚胸针一下子没有了任何意义，我就将其别在胸前，反正挺好看。戴天似乎挺喜欢这个饰品，不住地盯着看。

那时我真的不想再理戴天，觉得他比我走运许多。

后来快毕业了，学校又办了一次艺术节，我借口闹肚子，跑去网吧了。说真的，我不想见到戴天，更不想见到韵涵。但是在去网吧的途中，还是忍不住给韵涵发了一条短信。大致意思是，我对她的心依旧，希望能和她考到一所高中，重新开始。

傍晚，我回到家，戴天给我打来电话，说韵涵有东西给我，我急忙跑去取。

那是一份琴谱，其中有一张上面写着：谢谢你，我不会忘记你，希望我们还能在一起。字迹隽永秀气。

我看着琴谱，笑了，戴天看着我，也笑。

三

我叫韵涵，喜欢弹琴。

初三毕业前的艺术节上，我收到了一条短信，是家坤发来的，说希望能和我考到一个学校，重新开始。

我很奇怪他为什么还不死心，当时将胸针还给他时，我已经说得很明白，我喜欢的是戴天。

实在不想再和他纠缠，就找同学借了一支钢笔，顺手在琴谱上写上：不需要，你知道的，我已经有喜欢的人了，就此别过吧。

然后我将琴谱给了戴天，托他交给家坤。我和戴天聊了一会儿，我希望他能对我说些什么，但他只是说了些没什么意义的话，然后离开了。

我当时很想说，我喜欢他。

但他似乎不喜欢我，去年我将家坤回绝后，本想去找他，但他总躲着我。

总之，大家都要毕业了，未来谁都不记得谁，就这么结束吧。

四

韵涵将琴谱给了我，我以为这是她送给我的，没想到她说，转交给家坤。

我觉得自己在韵涵的生活里一直是个配角，她从来没想过我。

回家的路上，我慢慢翻着琴谱，在某一页上，写着：不需要，你知道的，我已经有喜欢的人了，就此别过吧。

看来这是她给家坤的分手信。

我觉得这样的话很无情，总之要分手，能不能说得委婉一点，于是我回到家，翻出了自己很久没动的琴谱，照着韵涵的字迹，写下：谢谢你，我不会忘记你，希望我们还能在一起。我的字写得一如既往地漂亮，家坤绝对想不到这是我写的。

果然家坤看到琴谱笑了。我也笑了。

只是，有一件事我依旧想不明白，韵涵写她已经有喜欢的人了，究竟是个怎样的人呢？

也许我永远得不到答案。这个答案也许会像谱于 1896 年的乐章那样，变成记忆，慢慢泛黄……

作者简介
FEIYANG

任其乐，男，生于 1991 年 12 月。曾为兰州市第四中学学生。在《萌芽》等刊物发表过文章。(获第九届新概念作文大赛一等奖，第十届新概念作文大赛二等奖，第十二届新概念作文大赛一等奖)

雨过天晴  ◎文/黄河

——你还好吗？

起来的时候家里已经没有人了。我和往常一样洗完脸刷完牙梳好头套上T恤。打开冰箱时小小惊讶了一下，因为居然没有牛奶。我在家里翻箱倒柜找了半天也没有找到一盒完整的牛奶。

"老爸老妈真是粗心。"心里想着又来到了冰箱前。

我的习惯不是很好，开一次冰箱只拿一样东西，绝不多拿。

打开冰箱又是一次剧烈的惊讶。

冰箱里居然没有东西了？！

我低下头，想着怎么处理老爸老妈的瞬间忽然发现窗外有气球升起。

奇怪，怎么会有气球呢？

跑到窗户那里，楼下的脚手架首先映入我的眼帘。

可能……是幻觉吧。我转身准备去写作业。刹那间，彩色的气球又飞了起来。

"哪个小鬼这么讨厌？"我心里想。

望出窗外，发现对面雪白的大楼上有一点色彩。是302的妹妹，她居然在放气球。

我忽然很想笑她傻，但是一点都笑不出来。

气球。好像好久没有那么快乐地放飞气球了。

——你还好吗？

一下子有太多的东西就这么堵在了喉咙口，无时无刻不让我渐渐想起你的轮廓。

该去写作业了，离开前发现妹妹已经回到了屋里。气球停在了某个位置不再上升了。

我望着那里，不知心中又涌起了什么。

沉重的步伐走回了房间，趴在了写字台上。

或许我不该记起你的，或许我根本不该遇见你。我们只是一对平行线，应该沿着各自的轨迹向前。可是我却不屈服，努力弯曲自己，好不容易形成了交集，却被你一句话狠狠打了回去。

我唯一的祈求，只是希望，你还好。

可是，我真的希望你离开我变得不好。因为我不好，一点都不好。

我恨自己曾经爱过你，爱过一个根本不可能爱我的人，一个我改变自己才能配得上的人，一个大众情人，一个根本不可能喜欢我的人。

——是你在思念我吗？

天色忽然暗了下来，看样子是要下雨了。

我打开了台灯，努力平复自己不太安静的心情。

呵呵，好像很久没有这种感觉了。

轰——雷直接劈了下来。

我也没有害怕，但却跑到了客厅。

往窗外看的一刹那，发现气球很配合地一起不负重压散成一点一点彩色的橡胶坠落。

大概，爱情和气球一样，到一个高度就无法向上，而且，会破灭，一直到我们都寻找不到这样东西。

阿嚏——

打了个喷嚏。

——是你在思念我吗？

或许，你早就把我忘了。我和你生命中那些彩色的气球一样，灰飞烟灭，不留痕迹。

但是为什么还会打喷嚏呢？是你在想我吗？

望向窗外，大雨滂沱。

上一个这样突变的天气，我还和你在一起。

你紧紧拥着我，一直用校服为我挡住雨，一直到回到我的家里。

我没有问，你怎么回去，也没有感恩地说谢谢。

我们之间默契到连感谢都不用了，因为我说出感谢，你也会说不用那么客气，我们又不是外人之类的话。

——那天，是我们第一次约会。

我放飞了彩色的气球，然后暴雨把它们压得消散不留痕迹。

我又看见了气球，又在同样的天气里看到了气球同样的结局，只不过不是我放的。

——只不过，这气球不是我的。这爱情不是我的。

或许吧，小女孩根本不会悲伤，因为悲伤是多余的。

她快乐着，直到有一天那个人伤害了她。

我想，是你在思念我，一定是你。

——是你喜欢我吗？

手机闪了两下，习惯性去看短信。

不知何时养成了习惯，看短信的时候心里总是充满期待。

手机短信永远都存不满，因为我删除了所有短信除了你的。

还有一条，是"我喜欢你"。号码我不曾知道，没有追究过是谁的。我一直都以为那是你的短信，从来都没有怀疑过。

我站到了窗口，看着远方。

气球消失的地方你应该看不到吧。

我在中国上海，而你在美国纽约，整整隔了一个太平洋。

我忽然想起，其实我的期待一定会落空。

因为，我有你的手机号，如果"我喜欢你"是你发的，留下的会是你的手机号。

——是你喜欢我吗？

如果不是你，那是谁呢？我不想考证。因为除了你谁喜欢我我都不会在乎。

在纽约的你忽然给我打来了电话，我接起电话听到"Hello"的时候真的想把它给挂了。

"喂？"我很不情愿地说。

"终于肯接电话啦？"你说。

"嗯……"

"没什么事，我挂了。"

"不要……我有事想问你。"我第一次想问你那个问题。

"说吧。"你的语气和平时一样。

"那条'我喜欢你'的短信是你发的吗？"我问。

是。是。是。……我心里祈祷了千百遍的答案……

"不是。"哪怕祈祷再多遍，事实不会改变。

"难道不是你喜欢我吗？"我惊讶地说。

"不是。"你的语气似乎有一点颤抖。

"那……算了。"我挂了电话，连再见都没有说。

那不是你，一切只是我的想象。我以为，我们可以超越朋友的存在。我们本来是可以做到的……

只要你承认，哪怕这不是你发的……

——对不起。

熬夜看完《悲伤逆流成河》之后，我哭了。

它没有那么感人，只是一点一点侵蚀我的心，我想要阻拦都不行。

我曾经也想过像齐铭一样的你会注意到小小的我，可是幻想毕竟只是幻想，总可以在一瞬间幻灭。

雨好像停过了，可惜我没有看到。

重新走在街上的时候雨还在下着，只是地上干了。

走进学校的时候学校里还很安静，我大概是最早到学校的了。

打开抽屉却发现一张小小的贺卡。

生日快乐。

× × ×

生日，今天原来是我的生日。我自己都不记得了。

"生日快乐。"他走到了我的身边，"我喜欢你。"他轻轻在我耳边念道。

一瞬间，我觉得我的世界毁灭了。

——对不起。

我不知道我是说给谁听的。可能是你，可能是我，可能是他。

如果你是齐铭，我是易遥，那他是这部戏剧里的谁？

我忽然觉得或许我会忘记你，或许我无法保留我生命里你那一份历史。或许有一天我会进入他的世界，甚至在里面迷路，永远走不出来。

或许我没有易遥这么悲惨，我也不希望自己这么悲惨。

可是我觉得我离不开你了。我可以给你发短信，可以给你打电话，可以和你视频聊天，但是我不想，我不敢。

他说他喜欢我的时候我真的后悔了，后悔不敢对你说这句话。

我好希望能够退回到过去，可是没有后悔药。

我们，回不去了。

距离不会产生美，而会把我们扯得越来越远。

——我恨你。

看《七年》的时候我在想会不会等一个人七年。

结果我发现我的确有等待七年的潜质。

我已经等了你五年了,你什么都没有给我,还把我一个人丢在上海。

你想过我的感受吗?

我没有这样问过你,因为我知道你想过,但是做不到。

哪怕没有想过我也相信你想过,因为我没有胆量问你这个问题。

上课之后为了不让自己后悔给你发了短信。

"我喜欢你。你喜欢我吗?"

我第一次觉得我这一生做了一件对的,自己指使自己做的事情。

"我不喜欢你。"短信很快就回过来了。

我算了算时差,这时你应该在睡觉,而且应该睡得很香。

"你不是应该在睡觉吗? 好好休息啊。"

我还是想要关心你。

"在想事情,我真的睡了。"短信回过来了。

——我恨你。

我第一次这么想。我真的恨你,我以前多爱你我现在就有多恨你。

哪怕你说个小谎哄哄我又怎样呢? 难道你会死?

我趴在桌子上,为什么,为什么?

为什么现实生活要比小说麻烦得多? 为什么小说里有情人能终成眷属呢? 为什么女主角总可以找到男主角?

或许你根本不是我的男主角,我没有必要为你难过是吗?

我笑了,却感觉脸在抽搐。

用手划过眼角,手指上凉爽的感觉告诉我,我流泪了。

可惜,我无法忘却你。

可惜,我无法改变自己。

可惜,我放不下你。

可惜，我只爱你。

——这不是我想要的。

回家的时候，雨下大了。

这不是抄袭"天亮的时候，雨停了"这句话，而是我有感而发。

今天早上雨不大，所以没撑伞就走了出来。

梅雨季节的上海天气总有很多无法预测的情况。天气预报早上说的还是"小雨转晴"，现在却成了"小雨转大雨"。

这时，雨忽然停了。我一抬头，发现有一把伞在我头顶上为我挡雨。

"给我一个月好吗？不行的话，我就离开你的生命。"他说。

我的泪水夺眶而出。

你从来没有说过喜欢我，没有想过要和我交往，你做的只是举手之劳，把我考虑得不周全的地方都补全了，其他的只是我自作多情而已。

我靠在他的肩上，淌着泪："如果有永久的话，我愿意给你永久。"

他笑了。

——这不是我想要的。

我靠在他的肩上，他不会说我的泪污染了他的校服，他不会嫌弃我离开我而去。

他送我到家门口，然后就走了。

那天晚上，我换了手机号，把所有关于你的记忆全都删除了。

你把我的心都占满了，所以我的心容不下别人了，如果你能够退出我的生命，我就足够满足了。

或许我不该接受他，但是我知道，如果我不接受他你也不会接受我。

所以，我决定了，决定离开你的生命。

给你发一条短信："再见，我再也不想见到你，再也不想听见你的声音，再也不要知道关于你的一切一切了。"

世界崩塌，我还未毁灭。

　　——哪怕我什么都没有，还有半颗心。

　　他还是一样体贴我，渐渐就忘记了你的轮廓。

　　那天他问我："你还记得……吗？"

　　"忘了，我把以前的一切都忘了。"我轻轻笑了笑。

　　已经很久很久没有想起你了，他一提醒，便又记了起来。

　　"呵呵，你不用这样勉强自己的。有什么话说出来就好了。"

　　"我真的忘了。我只能给你我的真心，其他我都没有了。"

　　他紧紧拥住我，我也没有推开他。

　　我爱的人让我失望了，那么我就不能让爱我的人也失望一次。

　　他揉揉我的头发，轻轻笑了。

　　"我、爱、你。"一字一顿地耳语。

　　我渐渐觉得我喜欢上他了。

　　——哪怕为什么都没有，我还有半颗心。

　　只要还有这半颗心，我就要继续来爱他，用全部爱他。

　　我不曾怀疑，他是不是爱我，因为我了解那种感觉。

　　他是真的应该开心，因为我已经接受他了。

　　有人说闭上眼睛的时候第一个出现的人就是你最爱的人。

　　我闭上眼睛的时候出现的是我的妈妈。

　　妈妈的爱谁也不能代替，而我想知道，你和他之间，我会选择谁。

　　记得看《蔷薇的第七夜》的时候最感动的场景就是在整个大厅全部黑了之后，花久美喊出了他心里的那个名字。

　　我曾经不敢确定我会喊出的名字是谁。

　　或许只有在生死离别的时候才能知道自己最爱的是谁。

　　直到去蹦极之后我明白了。

　　在跳下去的那一个刹那，我想到的是他，而不是你。

　　——我想，我爱你。

又开始下雨了。

是老天太快乐还是太忧愁了呢?

我觉得老天太快乐了。

他撑起伞,送我回家。

"你爱我吗?"他这么问。

认识他有三个月了,温柔、体贴大方的他渐渐映入我的脑海。

——我想,我爱你。

"你爱我吗?"我反问他。

"当然爱你。"他用一只手搂住我的肩,轻轻地,透着温热的气息。

"那么,我也是。"我用最最澄澈的眼神看着他。

我说的是实话,半点不假。

回到家打开门的时候眼前一闪,阳光射入了屋子里面。

天,放晴了。

我看着身边的他,我想,我的爱情也放晴了。

作者简介
FEIYANG

黄河,女,汉族,1995 年 12 月 6 日生。电子杂志《浮光纪》文字编辑。14 岁开始写作,在《中文自修》上发表过文章。(获十二届新概念作文大赛一等奖)